Albrecht Gralle

Chefvisite

Die unerwartete Rückkehr des Auferstandenen

Albrecht Gralle

Chefvisite

Die unerwartete Rückkehr des Auferstandenen

Roman

Brendow
Verlag | Alles, was Sinn macht!

Bibliografische Information der Deutschen Nationalbibliothek
Die Deutsche Nationalbibliothek verzeichnet diese Publikation in der Deutschen Nationalbibliografie; detaillierte bibliografische Daten sind im Internet über http://dnb.d-nb.de abrufbar.

2. Auflage 2018
ISBN 978-3-86506-984-9

Einbandgestaltung: Brendow Verlag, Moers
Titelgrafik: Dietmar Reichert
Satz: Brendow Web & Print, Moers
Druck und Verarbeitung: CPI – Clausen & Bosse, Leck
Printed in Germany

www.brendow-verlag.de

Teil I

Fahren

1

Wir fuhren von Tel Aviv nach Jerusalem mit einem Leihwagen. Ein guter Freund von uns heiratete dort, und wir waren zur Hochzeit eingeladen. Vor ungefähr zwanzig Jahren waren meine Frau und ich schon einmal in Israel gewesen. Ich war gespannt, wie sich das Land verändert hatte.

Tel Aviv wie eh und je: eine moderne internationale Stadt mit allem, was dazugehört. Pulsierendes Leben. Inzwischen waren eine Menge Hochhäuser dazugekommen und die latente Angst vor Anschlägen. Dann: Jerusalem. Geschäftig, durchweht von Geheimnissen. Die Altstadt: eng und laut und voller Gerüche.

An einem Schabbat, Ende September, geschah es. Eine mörderische Hitze lastete tagsüber auf der Stadt, obwohl die heiße Zeit ja schon vorbei war. Ich konnte nicht schlafen, und da unser Freund in der Nähe des Ölbergs wohnte, stand ich auf, um mir die Beine zu vertreten und etwas kühle Luft zu genießen. Natürlich nahm ich den Schlüssel mit und schloss die Haustür ab. In Israel musste man mit allem rechnen.

Es war nicht mehr ganz dunkel, der Himmel hatte eine fahle Färbung angenommen, und ich konnte in dem Dämmerlicht den Weg schon gut erkennen. Hinter einer Wolkenbank ahnte ich den Sonnenaufgang. Die Luft fühlte sich angenehm kühl an, eine Wohltat nach der schweißtreibenden Nacht.

Ich ging den Trampelpfad, der neben dem Haus vorbeiführte, nach oben. Ein paar Hunde jaulten um die Wette, und eine Polizeisirene schrillte weit entfernt durch die Stadt.

Inzwischen war es heller geworden. Plötzlich blieb ich stehen, ich hatte ein Geräusch gehört und versteckte mich hinter einer der wild wachsenden Akazien.

Da sah ich einen Mann den Berg herabkommen. Ich traute meinen Augen nicht. Er war vollkommen nackt. Vor einem der Häuser blieb er stehen, öffnete ein Tor und nahm sich von einer Wäscheleine eine Hose und ein Hemd herunter, die er in aller Ruhe anzog.

Als er weiterging, sah ich, dass auf der Leine nichts fehlte.

Ich zwinkerte mit den Augen. Vielleicht hatte ich mich auch getäuscht.

Der Mann ging jedenfalls weiter und kam direkt auf mein Versteck zu. Ich wich zurück und bekam Angst.

Er blieb vor mir stehen und sagte: „Du brauchst keine Angst zu haben! Wahrscheinlich wunderst du dich, woher ich komme, was? Ein nackter Mann, der vom Ölberg heruntersteigt! Und ich kann übrigens nicht nur Brote vermehren, sondern auch Hosen und Hemden."

„Ja", nickte ich, „ich habe mich ... ahm ... gewundert", und überlegte fieberhaft, wie ich möglichst schnell von hier verschwinden könnte. Gleichzeitig hielt mich irgendetwas fest. Ich war erstaunt, dass er Deutsch mit mir sprach. Und seine Stimme war so freundlich und gleichzeitig sehr bestimmend und präzise, eine seltsame Mischung. Seine Augen blickten mich an, als hätte er sich seit zwanzig Jahren nach mir gesehnt und wäre froh, mich endlich zu treffen. Meine Angst verschwand.

„Es war mal wieder soweit", fuhr er fort. „Ich bin zurück."

„Aha", sagte ich und setzte gleich hinzu: „Und woher ... woher kommen Sie?"

„Du kannst mich duzen", sagte er lächelnd. „Ich heiße Jeschua."

Ich stellte mich mit Oliver Sanders vor und wiederholte meine Frage: „Also, woher kommst du?“

Er deutete nach oben. „Aus dem Himmel, obwohl er ja nicht oben ist. Er ist um uns herum und liegt gleich um die Ecke. Die ganze Erde ist ja erfüllt mit seiner Herrlichkeit.“

„Aus dem Himmel“, wiederholte ich nicht gerade geistreich und blickte auf seine nackten Füße. „Ist es nicht ein bisschen steinig, hier barfuß zu gehen?“

„Oh, das macht mir nichts“, wehrte er ab. „Ich habe keinen zerbrechlichen Körper mehr. Das war nur beim ersten Mal so. Ich kann auch durch Wände gehen, wenn es sein muss. Dieser Körper ist eine deutliche Verbesserung. Du wirst selbst einmal so einen erhalten, wenn du auferstehst und eintauchen wirst in die vollkommene Freude! Keine Kopfschmerzen, keine Gicht, kein Rheuma, kein Durchfall und nie mehr Muskelkater.“

Ich blickte ihn an, und in seinem Blick lag so viel Freude und Zuwendung, dass in mir der Verdacht aufstieg, es könnte tatsächlich Jesus sein. Zumindest war Jeschua die hebräische Form davon.

„Du bist ...?“, fragte ich vorsichtig weiter.

„Ja, ich bin es. Gehen wir in die Altstadt. Ich mag die Atmosphäre, wenn die Stadt erwacht und man den ersten Kaffee zusammen trinkt.“

Er ging tatsächlich völlig entspannt über den Schotter. Als ob er Hobbit-Füße hätte mit einer dicken Hornschicht unter der Fußsohle.

„Darf ich dich mal ... anfassen?“, fragte ich.

„Bitteschön.“

Ich berührte vorsichtig seinen Unterarm. Er fühlte sich deutlich wärmer an als 37 Grad, und es war mir, als ob etwas wie eine sanfte Kraft durch meine Finger floss.

„Da kommt kein Messer durch, keine Kugel, nicht einmal eine Atomexplosion könnte diesem Körper etwas anhaben", sagte Jeschua.

Ich strich über seinen Bart, und er knisterte, als ob er elektrisch aufgeladen wäre.

„Es fühlt sich nach sehr viel Kraft und Energie an", sagte ich.

„Es wird gesät in Schwachheit und wird auferstehen in Kraft", zitierte er und fügte hinzu: „Wenn ich will, kann dieser Körper so hart wie ein Diamant werden oder so durchlässig wie Radiowellen."

Als wir in die engen Gassen Jerusalems eintauchten, fingen die Händler gerade an, ihre Waren auszubreiten. Eine Gruppe von jungen Männern hing vor einem großen Gebäude herum. Vielleicht suchten sie Arbeit. Hinter einer Biegung sahen wir ein Café. Ein Mann mit einem dünnen Kinnbart und einem Burnus um den Kopf nickte uns zu und winkte uns heran.

Jeschua sprach mit ihm arabisch und bestellte uns zwei Tassen Kaffee und eine Schale mit Nüssen. Ich blickte auf die Uhr. Es war kurz vor sieben.

Der Kaffee war stark, schwarz und heiß.

Jeschua schien ihn zu mögen.

„Aber wieso kannst du essen und trinken mit diesem himmlischen Körper?", fragte ich leise, um jedes Aufsehen zu vermeiden. „Ich dachte, im Himmel sei alles irgendwie ätherisch, leicht, luftig und so weiter."

„Der Himmel ist härteste Realität", erwiderte er. „Eigentlich die Realität an sich. Und ein himmlischer Körper schließt alles ein, was ein irdischer kann, aber er geht darüber hinaus. Das habe ich damals doch auch schon gezeigt. Ich habe nach meiner Auferstehung mit meinen Schülern Fische und Brote gegessen und habe ihnen am Tag vor der Kreuzigung versprochen, Wein mit ihnen zu trinken im Reich Gottes. Das war alles ernst gemeint."

„Aber wie geht das? Du hast doch gesagt, es sind zwei ... Wirklichkeiten?"

Jeschua lächelte. „Du willst es aber genau wissen, was?"

„So etwas interessiert mich", sagte ich. „Was wirklich spannend ist, das sind doch immer die Details, zum Beispiel bei einem Mord oder bei der Liebe."

„Ja, da ist etwas dran. Nun, die himmlische Wirklichkeit kann das Irdische aufnehmen und verwandeln, aber nicht umgekehrt. Mein irdischer Körper wurde ja auch aufgenommen und verwandelt. *Der Tod ist verschlungen in den Sieg* ... Und die Geschmacksnerven eines Auferstehungskörpers sind hundertmal intensiver. Dieser Kaffee ist frisch, und die Bohnen sind erstklassig. Natürlich nichts gegen das Getränk im Himmel, das dem Kaffee ähnlich ist."

Ich fasste es nicht: Kaffee im Himmel? Ob es dort auch Kaffeeautomaten gab? Wahrscheinlich eher nicht.

Jeschua sagte etwas zu dem Wirt, der daraufhin lachte.

„Meine Güte", sagte ich. „Die Auferstehung! Darüber streiten sich die Theologen seit Hunderten von Jahren. Ob du geistig auferstanden bist oder symbolisch, ob dein toter Körper gestohlen wurde oder ob du wiederbelebt wurdest oder nur scheintot warst. Es gibt zig Variationen."

„Ja, das Wort Auferstehung kann missverständlich sein", nickte er. „Bei meiner Auferstehung wurde ja keine Leiche neu belebt. Bei mir war es eher eine Verwandlung. Aber die Evangelien erzählen das doch alles: das leere Grab, die Begegnungen im Garten oder die beiden Wanderer auf dem Weg nach Emmaus, die Szene am See Genezareth – fremd und dann doch wieder bekannt ..."

„Den meisten fällt es schwer, an so etwas zu glauben", sagte ich und fragte: „Aber warum kommst du nackt aus dem Himmel? Gibt es da keine Kleider?“

„Doch schon, aber die bewegen sich nicht nach irdischen Regeln. Sie gehorchen der Schwerkraft des Himmels, und das würde hier komisch aussehen. Sie fangen an zu flattern, wenn es hier windstill ist, weil sie sich nach deinen Stimmungen richten. Sie wechseln die Farben, wenn dir danach ist. Das würde auffallen. Auch die Engel mussten sich irdische Kleider besorgen, wenn sie auf der Erde sichtbar wurden und nicht gleich auffallen wollten.“

„Das wusste ich nicht.“

„Jedenfalls“, sagte Jeschua, „es war kein Zufall, dass du mir begegnet bist. Irgendjemand sollte alles einmal aufschreiben. Ich finde, es ist an der Zeit, dass es einen Bericht über meine Wiederkunft gibt und über andere Ereignisse, die sich anbahnen. Ich werde übrigens daran arbeiten, dass sich dieses Buch überall verbreitet.“

„Ich kann nicht schreiben“, sagte ich.

„Dann such dir jemand, der das für dich erledigt. Ich werde dir dabei helfen. Mach dir auf alle Fälle Notizen.“

„Wieso gerade ich?“, fragte ich weiter.

„Darauf werde ich nicht antworten“, sagte Jeschua. „Aber bilde dir nicht ein, dass du deshalb etwas Besonderes bist.“

Ich merkte, dass es keinen Sinn hatte, an dieser Stelle weiterzubohren und steuerte auf ein neues Thema zu: „Ich dachte immer, deine Wiederkunft geschieht mit Macht und Herrlichkeit, mit Trompeten und Posaunen, und so weiter.“

„Meine Wiederkunft in Macht und Herrlichkeit steht auf einem ganz anderen Blatt. Das verborgene Reich Gottes ist noch nicht vollendet und muss noch weiterwachsen, bis die Zeit reif ist für den Durchbruch meiner letzten Wiederkunft. Das Potenzial der Menschen“, fuhr er fort, „ist noch längst nicht ausgeschöpft.

Sie sind nicht so böse und so dumm, wie immer behauptet wird. Schließlich sind sie Ebenbilder Gottes. Und meine Erlösung hat viele positive Kräfte auf dieser Erde freigesetzt, Samenkörner, die ausreifen müssen. Aber ab und zu muss ich doch nach dem Rechten sehen, damit sich die Dinge im Sinne des Reiches Gottes entwickeln und sich der ganze Aufwand mit der Passionsgeschichte gelohnt hat."

„Aber warum dann dieses ganze Gerede von der Wiederkunft?"

„Nun, es ist gut, das Ziel zu kennen, und übrigens erscheine ich jedes Mal in Macht und Herrlichkeit bei allen, die mit mir verbunden sind und sterben und damit in den Himmel entrückt werden. Ich zeige ihnen ihr neues Zuhause, wie ich es versprochen habe. Insofern ereignet sich die Wiederkunft in Macht und Herrlichkeit jeden Tag bei Tausenden von meinen Freunden, wenn sie hinüberwechseln. Aber eben noch nicht so bald auf der Erde. Das braucht noch Zeit."

„Und wieso", fragte ich, „wussten wir nichts von deinen heimlichen Wiederkünften?"

„Oh", sagte er lächelnd und rührte in seinem Kaffee, „ihr hättet es wissen können. Es steht alles geschrieben."

„Wo denn?", fragte ich.

„Zum Beispiel bei Lukas. Da gibt es eine Szene auf dem Ölberg. Die Engel sagen sehr klar und deutlich am Tag der Himmelfahrt: *Ihr Leute aus Galiläa, was steht ihr da und schaut zum Himmel? Dieser Jesus, der von euch weg in den Himmel aufgenommen wurde, wird genauso wieder herabkommen, wie ihr ihn jetzt habt in den Himmel entschwinden sehen.*

Da steht nichts von Pauken und Trompeten und Macht und Herrlichkeit. So still wie ich gegangen bin, genau so still werde ich immer wieder zu euch zurückkommen. Unerkannt, und nur von Einzelnen wahrgenommen. Man sollte das, was Engel sagen, wirklich einmal ernst nehmen."

„Wann war denn deine letzte Ankunft gewesen?"

„Das vorletzte Mal vor ungefähr dreihundert Jahren. Eine Schwellenzeit in Europa: neues Denken, Freiheit des Einzelnen, der Aufschwung der Wissenschaften, Aufbrüche in den Kirchen. Dann war ich 1945 hier, als die Welt in Trümmern lag. Ich habe Hoffnung ausgesät bei Leuten, denen alles genommen worden war. Es gab viel zu tun ... Fast war ich versucht, Ende der achtziger Jahre wiederzukommen, um die Ost-West-Barrieren abzubauen, aber es gelang uns auch so durch die intensive Arbeit des Heiligen Geistes – und durch Gorbatschow."

Er blickte auf eine altmodische Uhr an der Wand und sagte: „Du musst demnächst zurück, sonst wirst du vermisst. Wir treffen uns am Samstag in einer Woche in Hannover, bei der Marktkirche gegen Mittag. Dann sehen wir weiter."

Er reichte mir die Hand.

Ich schüttelte sie. Sie war warm und vollgepackt mit Energie. Eigenartiges Gefühl.

„Hast du denn Geld bei dir?", fragte ich.

„Kein Problem. *Mir ist alle Macht gegeben im Himmel und auf Erden*, da werde ich wohl ein bisschen Geld auftreiben können."

Das waren seine abschließenden Worte, die mir auf dem Rückweg in mein Quartier noch lange in den Ohren klingelten, vor allem quälte mich die Frage:

Warum leben wir in dieser chaotischen Welt, wenn er doch alle Macht in Händen hat und alles ändern könnte? Aber das habe ich erst später begriffen.

2

Ansgar Kolnik fuhr den Wagen vor das Haus und stieg aus. Er beeilte sich, so schnell er konnte, nach oben in seine Wohnung zu kommen. Seit gestern war er wie elektrisiert. Sein einsames Leben als Witwer war bisher in ruhigen Bahnen verlaufen, denn mit seinen einundachtzig Jahren hatte er sich noch relativ gut gehalten. Er ging nur mit Stock, ohne Rollator, durch die Gegend, fuhr mit dem Auto kürzere Strecken. Und das Gehör funktionierte halbwegs. Erst vor Kurzem hatte er eine Hörhilfe beantragt.

Sein Leben floss in einer geruhsamen Routine dahin. Er war inzwischen nicht mehr traurig über den Verlust seiner Frau, die vor fünf Jahren gestorben war. Jetzt, wo er seinen Haushalt einigermaßen selbst versorgte, mit der Tochter in der Nähe, verspürte er sogar ein gewisses Maß an Freiheit. Niemand versuchte, ihn von seinen Ideen abzubringen oder Verbesserungsvorschläge zu machen. Neulich hatte er in einer gemischten fröhlichen Runde gesagt: „Seitdem ich allein lebe, mache ich komischerweise alles richtig." Die Männer hatten alle gelacht, die Frauen weniger.

Und so gingen die Tage gemächlich dahin. Bis gestern.

Seit gestern wurde Ansgars Leben wieder aufregend, denn er hatte etwas entdeckt, und das hing mit dem Neubau gegenüber zusammen.

Das Haus, das in seiner Straße gerade fertig geworden war, hatte ihn schon die ganze Zeit interessiert. Er hatte die Bauabschnitte genau verfolgt und fasziniert zugesehen, wie sich alles allmählich zusammenfügte und perfekter wurde. Fast zu perfekt, dachte er.

Im Vorgarten hatte man Anfang September Rollrasen ausgelegt, zwei Zwergahornbäume gepflanzt, die schon drei Meter hoch waren, Büsche und Sträucher waren dazugekommen. Eine perfekte Rinne aus hellen Kieselsteinen umgab die Grundmauern. Schaukel und Klettergerüst wurden gesetzt.

Das Haus machte den Eindruck, als habe man es in einem Katalog fix und fertig bestellt, und nun wurde es genauso aufgebaut. Makellos.

Was Ansgar erstaunt hatte, waren auch die beiden Männer im Blaumann gewesen, die vorgestern in einem Pickup vorfuhren, einen Rasenmäher ausluden und professionell den Rasen mähten. Dabei gehörte zu der kleinen Familie ein kräftiger Vater, der den lächerlich kleinen Rasen mit Links hätte mähen können.

Vorgestern hatte sich Ansgar nun ein Fernglas besorgt und fast zwei Stunden in seinem Sessel hinter der Wohnzimmergardine verbracht. Dieses perfekt sterile Haus ließ ihn nicht los.

Was ihn neben der Perfektion besonders beschäftigte, waren die beiden Mädchen, die mit der jungen Familie eingezogen waren.

Beide waren blond, ungefähr zwischen acht und zehn Jahre alt und trugen ausgesuchte Kleider, die den Eindruck vermittelten, dass man sie nicht schmutzig machen sollte.

Jeden Morgen um halb acht wurden sie von einem schwarzen Volvo abgeholt, obwohl die Grundschule in Fußentfernung lag.

Seit einer Woche wusste er, dass die Mädchen nicht in die übliche Grundschule gingen, sondern in eine, die weiter entfernt lag, vielleicht in eine Privatschule oder in eine Walddorfschule. Das hatte er von Frau Tondorf im Erdgeschoss erfahren.

Aber das war es nicht, was ihn zum Nachdenken brachte und ihn aufgerüttelt hatte.

Gestern hatte er herausgefunden, dass die Mädchen nicht jeden Tag dieselben waren.

Von Weitem hätte man keinen Unterschied gemerkt. Aber durch das Fernglas hatte Ansgar gesehen, dass die blonden Mädchen von vorgestern und die blonden Mädchen von gestern verschiedene Kinder waren. Die Gesichter unterschieden sich in Kleinigkeiten: andere Lippen, bestimmte Wirbel an den Haaren, eine etwas andere Art zu gehen ...

Und Ansgar war deswegen heute pünktlich zurückgekommen, um den Zeitpunkt nicht zu verpassen, an dem der schwarze Volvo vorfuhr und die beiden Mädchen ausstiegen. Immer um halb eins.

Er blickte auf die Uhr. Noch eine Minute. Tatsächlich! Der schwarze Volvo bog um die Ecke und hielt vor dem Musterhaus mit dem Rollrasen.

Die Türen gingen auf, und die Mädchen stiegen mit ihren Taschen aus dem Wagen.

Ansgar saß bewegungslos hinter der Gardine, das Fernglas vor den Augen, und starrte hinüber.

Dann ließ er es sinken.

„Wieder zwei neue Mädchengesichter mit blonden Haaren", murmelte er. „Insgesamt also schon sechs verschiedene Mädchen."

Ansgar zuckte zusammen, weil das Telefon klingelte.

Er rappelte sich aus seinem Sessel hoch und ging in den Flur zum Telefon.

„Ja, ja, ist ja schon gut, ich komme!", sagte er zu dem Apparat und nahm ab.

„Ansgar Kolnik?"

„Ich bin's Papa!", sagte seine Tochter.

„Uta! Was gibt's?"

„Wie geht's dir denn?"

„Ganz gut. Aber du rufst sicher nicht bei mir an, nur um zu fragen, wie es mir geht."

„Na ja, das wäre schon ein Grund gewesen. Aber außerdem wollte ich dich fragen, ob deine Lieblingsenkelin Frida drei Tage bei dir wohnen darf?"

„Oh!", entfuhr es Ansgar.

„Wieso? Ist es dir nicht recht? Hast du wichtige Verpflichtungen?" Die letzte Frage mit leicht ironischem Klang.

„Seid ihr denn beide unterwegs?", fragte er zurück.

„Ich möchte zu einer Fortbildung, und dein Schwiegersohn ist von seiner Geschäftsreise noch nicht zurück. Bitte, sag ja, Papa."

Ansgar Kolnik überlegte. Es passte ihm im Grunde nicht. Gerade jetzt, wo er diese Entdeckung gemacht hatte, wollte er eigentlich ungestört seine Beobachtungen fortsetzen. Aber seine Enkelin musste ja auch zur Schule, und er hätte dann immer noch genügend Zeit für sein neues Hobby. Es stimmte schon: Er mochte Frida gerne und wusste, dass es umgekehrt auch der Fall war.

„Wann willst du sie denn bringen?"

„Am besten heute Nachmittag gegen vier. Außerdem ist der Weg zum Gymnasium von dir aus viel kürzer für sie."

„Das weiß ich doch, Uta, Ich bin nicht verblödet."

„Tut mir leid."

„Gut, dann sehen wir uns, tschüs." Er legte auf. Noch nie hatte er es gemocht, minutenlange Verabschiedungsfloskeln am Telefon zu gebrauchen.

Er setzte sich in seinen Sessel, nahm das Fernglas wieder zur Hand und sah zu dem Haus hinüber.

Er meinte, eine Bewegung hinter den Gardinen zu erkennen. Sein Blick glitt an dem Haus entlang und blieb an einer Ecke hängen. Eine neue Regentonne stand neben dem Rohr, das von der Dachrinne kam. Aber es gab keine Öffnung zur Tonne hin.

Was bedeutete das alles?

Warum werden diese Mädchen ausgewechselt? Was für einen Sinn hatte das? Ist diese Familie nur eine Fassade? Was passiert in diesem Haus?

Wenn es eine geheime Firma ist, warum die Kinder? Dann hätte man doch auch ein kinderloses Paar nehmen können!

Ansgar legte das Fernglas auf ein Beistelltischchen neben seinem Sessel und ging in die Küche. Heute gab es Würstchen und Kartoffelsalat. Er hatte in den verschiedenen Angeboten im Supermarkt eine Packung entdeckt, die nicht ganz so künstlich schmeckte.

3

Ich fuhr nach Hannover, nachdem wir von Israel zurückgekommen waren. Dazwischen lagen Tage, an denen meine Gefühle eine Berg- und Talfahrt durchlebten. Erst allmählich begriff ich, was da auf mich zukam: Der auferstandene Christus spaziert durch das einundzwanzigste Jahrhundert, und ich bin dabei. Ich habe ihn angefasst und kann ihn mit allen Fragen löchern, die bisher niemand beantworten konnte. Ich verstand auch, warum damals viele Menschen von seiner Ausstrahlung berührt worden waren und ungewöhnliche Dinge für ihn taten.

In der ersten Nacht nach unserer Begegnung konnte ich kein Auge zutun, denn ich überlegte mir tausend Fragen, die ich ihm stellen würde: Wohin steuert die Menschheit? Ist die Erde ökologisch noch zu retten? Gibt es Sex im Himmel? Wird Schottland unabhängig? Was passiert mit den USA? Und: Können wir uns als Deutsche eine Zukunft ohne Flüchtlinge überhaupt noch leisten oder sterben wir vorher aus? Und so weiter.

Zurück nach Hannover. Viel Altstadt gibt es ja nicht, aber die Gegend um die Marktkirche herum ist mit ein paar schönen Häusern und Altstadtatmosphäre geschmückt.

Ich stieg am Kröpke aus der U-Bahn und ging zu Fuß zu unserem Treffpunkt. Es war ein frischer Herbsttag. Die Sonne schien, aber keine drückende Hitze hing über der Stadt. Ein Wind fegte ab und zu über die Markisen der Straßencafés und Geschäfte, fuhr in die Alleebäume der Georgstraße und wirbelte ein paar Blätter über den Gehsteig.

„Ich muss nach Hannover, um einen alten Freund zu treffen", hatte ich zu meiner Frau gesagt. Noch getraute ich mich nicht, mit ihr darüber zu sprechen, dass ich ein Date mit Jeschua hätte, der gerade mal wiedergekommen sei und mich treffen wolle. Das klang mir dann doch zu bizarr, und ich war inzwischen selbst nicht mehr sicher, ob sich jemand mit mir einen Scherz erlaubt hatte. Aber die Berührung eines auferstandenen himmlischen Körpers vergisst man nicht.

So ging ich also etwas angespannt durch die Packhofstraße zum Hans-Lilie-Platz, an den Fachwerkhäusern vorbei, bis ich vor der massigen Backsteinkirche stand.

Nur zur Information: Ich bin ein einigermaßen überzeugter Christ, habe diverse Zweifel durchlebt, glaube aber inzwischen alles, was im Glaubensbekenntnis steht, und das ist heutzutage nicht selbstverständlich. Ich finde es einfach albern, Glaubensgrundsätze über Bord zu werfen, die tausendfünfhundert Jahre gegolten haben, nur weil es ein paar intellektuelle Gegengründe gibt. Was ist denn so schlimm daran, an die Jungfräulichkeit Marias zu glauben? Schließlich sieht doch jeder, dass sich der Giersch auch mühelos vermehrt, ohne Sex gehabt zu haben.

Ich will nur sagen, dass die ganzen Wundergeschichten für mich kein Problem mehr sind. Warum sollten gelähmte Leute nicht gesund werden, wenn jemand durch Handauflegung Energie in ihren Körper fließen lässt? Warum sollte nicht jemand über das Wasser gehen können? Wir schaffen es sogar, über den Boden zu schweben, wenn wir verliebt sind oder auf den Nerven anderer Leute herumzutrampeln, ohne unterzugehen. Die meisten glauben unbesehen, was die Werbung ihnen verspricht, dagegen ist eine Totenauferweckung eine Lappalie.

Ich kenne die Bibel einigermaßen. Meine Lieblingsbücher sind das erste Buch Mose, Jesaja und die Evangelien.

Ich schaute auf die Uhr: halb eins. Von Jeschua keine Spur. Ich ging um die Kirche herum, betrachtete das Lutherdenkmal und las die Worte: „Christus vivit."

Wie wahr!

Vielleicht sollte ich hineingehen, überlegte ich, und betrat die Kirche, die zum Glück offen war.

Ich meinte vorne vor dem Altar, eine Gestalt zu sehen. Das könnte er sein.

Tatsächlich stand Jeschua vor dem Altarbild und betrachtete interessiert die Szenen aus seinem Leben, besonders die Kreuzigungsgruppe in der Mitte. Alles vergoldet.

„Hallo!", sagte ich mit einem leichten Hall in der Stimme.

Er drehte sich um und lächelte mir kurz zu. Inzwischen war er ganz normal angezogen: lange Hose, Hemd, ein dünner Pullover und bequeme Sportschuhe. Ich hoffte, dass er das alles diesmal gekauft hatte.

„Friede mit dir", war seine Antwort. Es war seltsam. So etwas wie eine ungewohnte Ruhe kam über mich. Ich erinnerte mich an ein Lied, das wir damals als Jugendliche gesungen hatten: *Ich weiß, was Friede ist, er liegt wie zarter Tau auf meiner Haut.*

„Ja ... ahm ... ebenfalls Friede. Da bin ich also", sagte ich überflüssigerweise.

„Interessant, wie die Künstler diese furchtbaren Szenen vergoldet haben", sagte er.

„Na ja, vielleicht kann man sie dann besser ertragen", schlug ich vor.

„Mag sein", murmelte er. „Es war hart genug für mich."

Wir schwiegen ein paar Augenblicke. Dann sagte ich: „Mir ist es immer noch ein Rätsel, wie du das alles durchgestanden hast. Stundenlang in glühender Hitze am Kreuz hängen, die Nägel durch die Handgelenke getrieben, die Füße angenagelt. Dornen in der Kopfhaut, und man kann sich nicht kratzen ... Ich würde durchdrehen."

Er zuckte die Schultern. „Ich hatte natürlich vorher mental trainiert, um die Schmerzen aushalten zu können. Das geht bis zu einem gewissen Grad. Gedanken setzen mehr Kräfte frei, als man denkt, aber länger als ein Tag ist kaum machbar."

„Und dann hat dich Gott auch noch verlassen", fügte ich hinzu.

„Das ist Unsinn", meinte er.

„Aber es steht doch im ... ich glaube im Markusevangelium."

„Oh ja, das stimmt schon. Ich hatte tatsächlich das Gefühl, von Gott verlassen zu sein, weil ich alles Menschliche durchleben musste, aber natürlich war mein Vater da. In meiner schlimmsten Stunde zieht er sich doch nicht zurück, schließlich sind wir eine untrennbare Einheit. Ich bin seine menschliche Seite. Er ist immer gegenwärtig."

„Musste sich Gott nicht zurückziehen, weil die Sünde der ganzen Welt auf dir ..."

Jeschua blickte mich streng an, und ich hörte auf zu sprechen.

„Wenn Gott sich jedes Mal vor der Sünde zurückgezogen hätte, wäre die Welt gottlos geworden und schon längst untergegangen."

„Aha", sagte ich nur. „Aber ... aber wenn Gott gegenwärtig ist, gilt das auch für die Hölle?"

„Sicher", nickte er, „natürlich indirekt. Es gibt keine Energie, die an Gott vorbei existiert. Aber die Leute dort wissen es nicht oder wollen es nicht wissen."

Das war mir neu, und ich musste es erst mal verdauen. Wenn Gott in der Hölle ist, dann müsste er auch in den Überschwemmungsgebieten, in der Wüste, bei den Terroristen und im Unterhaltungsprogramm des Fernsehens sein.

„Übrigens: Hast du Hunger?", fragte Jeschua, der Auferstandene.

„Na ja, es ist Mittag und seit dem Frühstück habe ich nichts mehr gegessen."

„Gut, dann gehen wir etwas essen", meinte er, drehte sich um und ging den Gang zurück. Ich folgte ihm. Was sollte ich auch sonst tun als getaufter Nachfolger?

Wir fanden ein argentinisches Steakhouse in der Georgstraße, bei dem man draußen sitzen konnte.

„Ich lade dich ein!"

„Oh", meinte ich, „vielen Dank. Wie machst du das eigentlich mit dem Geld? Wo bekommst du es her?"

„Das würdest du gerne wissen, was?"

„Das wäre praktisch."

„Alles Materielle kann unendlich vermehrt werden, aber nur von Leuten, die sich in einer übergeordneten Dimension befinden ..."

„Aber du konntest es doch vor deiner Auferstehung auch schon, oder nicht?"

„Ich bin die Ausnahme."

„Okay."

Der Kellner kam und erklärte uns, dass man sich einen Salatteller selbst zusammenstellen sollte, wir müssten ihm nur sagen, welches Fleisch und wie viel wir wollten.

Ich bestellte das Beste und Teuerste und dachte mir: Jemanden, der Geld vermehren kann, den kann man eigentlich kaum schädigen.

Jeschua bestellte sich Wein zu seinem Steak. Warum war er eigentlich nicht Vegetarier?

Ich nahm lieber Wasser und verzichtete auf den Wein, damit ich nicht während der nächsten Stunden müde wurde. Für mich war das ja eine Art Arbeitsessen.

„Ich habe mich oft gefragt", fing ich an, als wir unseren Salat zusammengestellt hatten und unsere Steaks gebracht wurden, „was du eigentlich die ganze Zeit im Himmel so machst."

Er sagte nichts und deutete auf unsere Teller.

„Erstmal essen und genießen", meinte er.

Wir aßen schweigend.

Dann sagte er: „Ich weiß, dass du viele Fragen hast, du liebst ja die Details, aber ich möchte dich schon mal vorwarnen, dass du nicht alles verstehen wirst. Manchmal muss ich zu Bildern greifen oder zu Symbolen. Weißt du, der Himmel ist ein Ort, wo die Urbilder zu Hause sind. Was auf der Erde eine irdische Ausprägung hat, das gibt es im Himmel im Original. Stell dir vor, du hast einen wunderschönen Garten, und du entwirfst Zeichnungen davon für Leute, die so platt sind wie ein Blatt Papier … ."

Es fiel mir schwer, mir das vorzustellen.

„Zu deiner Frage: Was ich oder was wir so machen? Bei uns im Himmel ist es nicht so, dass wir mal was machen und mal nicht. Ich bin mit dem ganzen Universum verbunden, und wenn ich mich jetzt konzentrieren würde, wüsste ich, womit Menschen, Pflanzen, Tiere in einem anderen Sonnensystem und in einer anderen Milchstraße sich gerade beschäftigen. Du siehst einen himmlischen Menschen vor dir, aber ich bin nur die Oberfläche Gottes, sein abgemildertes Bild. Gott in seiner Herrlichkeit könntest du keine Sekunde ertragen …"

Er blickte mich an, und vor meinen Augen ging eine Verwandlung vor sich, Licht schien durch ihn hindurch, und die Erde begann zu beben, oder es kam mir so vor.

Ich ließ meine Gabel fallen und sagte: „Hör auf!"

Ein paar Leute drehten sich um.

„Verstehst du, die ganze Wirklichkeit ist mit mir verbunden, jede Sekunde. Wenn nicht, würde alles auseinanderbrechen. Das ist unsere Arbeit, wir halten alles am Laufen." Er überlegte und sagte dann: *„Die Kraft, die die Welt im Innersten zusammenhält*, um Goethe zu zitieren."

„... und das Wort wurde Fleisch und wohnte unter uns ...", flüsterte ich.

„So ist es!", nickte er und trank einen Schluck Wein.

„Hm", sagte er, „ich hätte die wirklich teure Sorte nehmen sollen, aber als Begleitung zu einem Steak ganz okay."

„Und was hast du vor, während du deine ... ahm ... Inspektion oder Chefvisite machst?"

Er lächelte. „Ich inspiziere nichts. Was hier läuft, das weiß ich alles schon, aber ich muss Dinge anstoßen, Worte, wie Samen auf die Erde streuen, Anregungen geben, nach dem Rechten sehen."

„Merkwürdig", sagte ich. „Jemand, der allmächtig ist und mit einem Fingerschnipsen alles zum Guten wenden könnte, müsste doch keine Entwicklungen anstoßen!"

Jeschua seufzte. „Es ist immer wieder das Gleiche. Die Menschen hier verstehen einfach nicht das Konzept der Allmacht Gottes. Als Gott seine Energie von sich wegschickte, um eine Schöpfung entstehen zu lassen, schuf er gewisse Gesetzmäßigkeiten. Er hat gemacht, dass die Dinge sich machen und kann das nicht dauernd umstoßen. Er konnte die Evolution in gewisse Bahnen lenken, das schon, aber die Welt der Menschen muss sich in einer bestimmten Freiheit entwickeln können, sonst taugt sie nichts. Und deshalb muss ich Entwicklungen anstoßen und kann nur darauf hoffen, dass Menschen sie annehmen. Ich kann Menschen nicht einfach wie ein Zauberer verändern. Wäre ja auch sonst ziemlich langweilig. Wir sind allmächtig in dem Sinn, dass alle Macht von uns kommt. Aber ...", er deutete mit der Gabel auf meinen Teller. „Dein Fleisch wird kalt."

Wir aßen weiter, und schließlich fragte ich ihn nach seinen konkreten Plänen.

„Ich werde wohl die muslimische Welt besuchen müssen", sagte er, „da läuft gerade etwas schief. Gott ließ den Islam entstehen, um die Menschen, die den christlichen Glauben nicht annahmen, wenigstens von ihrer Vielgötterei abzubringen, aber zur Zeit läuft es wirklich aus dem Ruder."

„Und Deutschland?"

„Deutschland ist gar nicht so schlecht. Nach der großen Katastrophe haben die Deutschen immerhin dazugelernt, aber klar, ein paar Dinge muss ich hier auch in Gang bringen ..."

„Und wie ... wie kommen wir da hin? Fliegen wir durch die Luft wie Superman?"

Jeschua wehrte ab: „Nein, nein, wir fliegen ganz normal mit dem Flugzeug oder reisen mit der Bahn. Ich möchte nicht auffallen."

Oh, dachte ich, dann muss ich mit meiner Frau doch ernsthaft reden, wenn ich so oft unterwegs bin. Das wird ihr nicht gefallen.

„Ich begleite dich nach Hause", sagte er. „Deine Frau wird es verstehen."

Es klang, als ob er meine Gedanken hören konnte, wahrscheinlich war es auch so.

„Ich musste mich damals um Petrus' Schwiegermutter persönlich kümmern. Die arme Frau war vor lauter Sorge krank geworden. Kann man gewissermaßen verstehen, wenn die Männer in einem Familienbetrieb kurzzeitig ausfallen."

Wir ließen uns noch den Nachtisch schmecken, Crème Brûlée, sehr lecker, und traten wieder auf die Georg-Straße. Zwischendurch musste ich mir sagen: *Ich bin jetzt mit dem wiedergekommenen Christus unterwegs*, weil alles so normal schien. Nein, es gab noch einen kurzen Zwischenfall, als ein Auto ihn streifte und der Seitenspiegel zerbrach. Pech für das Auto.

4

Wir fuhren mit dem Nahverkehrszug nach Süden. Unterwegs rief ich zu Hause an, dass ich einen Übernachtungsgast aus dem Nahen Osten mitbringen würde.

„Diesen alten Freund, von dem du geredet hast?“, fragte meine Frau. „Kenne ich ihn?“

„In gewissem Sinne ja“, sagte ich, „aber du wirst ihn nicht gleich erkennen. Alles Nähere dann nachher.“

Ich blickte Jeschua von der Seite an. Er trug einen kräftigen Vollbart, wie es inzwischen bei jungen Männern üblich ist, und einen eher kurzen Haarschnitt. Nein, meine Frau würde ihn auf Anhieb nicht erkennen.

Obwohl, an seinen Handgelenken sah ich Narben. Das wäre ein Hinweis.

„Immer noch die Narben?“, fragte ich und deutete auf sein Handgelenk. Inzwischen hat man ja herausgefunden, dass die Nägel damals nicht durch die Handteller getrieben wurden, die wären sofort gerissen. Handgelenke hielten mehr aus.

Er blickte auf seinen Unterarm. „Ja, immer noch die Narben. Ich trage sie wie einen Orden.“

Mir fiel dazu nichts ein. Nach einer Weile sagte er: „Ich werde während der Fahrt so tun, als ob ich schlafe. In Wirklichkeit bin ich woanders. Ist jetzt zu kompliziert, um dir das zu erklären.“

Er lehnte seinen Kopf gegen die Lehne und schloss die Augen.

Als der Schaffner kam, gab ich ihm unser Niedersachsenticket, so brauchte ich meinen Mitfahrer nicht zu wecken.

Der Schaffner hätte es sicher nicht verstanden, wenn ich gesagt hätte: „Neben mir sitzt ein Auferstandener, der gerade eingeschlafen ist."

Meine Frau holte uns am Bahnhof ab und bemühte sich, höflich und freundlich zu meinem Gast zu sein, der relativ schweigsam war.

Sie zeigte ihm das Gästezimmer und das Bad, und ich hörte, wie sich die beiden eine Zeitlang unterhielten.

Als sie nach unten kam, ließ sie sich auf die Wohnzimmercouch fallen und sagte nur: „Mein Gott, das wird uns niemand glauben! Und diese umwerfende Freundlichkeit!" Nach einer Weile fragte sie: „Was isst eigentlich so jemand?"

Ich zuckte die Schultern. „Ich glaube alles, was wir auch essen. Er verwandelt Essen in etwas anderes."

„Das tun wir ja auch."

„Ich habe ihn aber noch nicht gefragt, ob er einen Magen und Gedärme und so weiter hat ..."

„Ist vielleicht eine ziemlich intime Frage. Und was ist mit Duschen?"

„Braucht er wahrscheinlich nicht, und wenn, dann eher mit himmlischem Wasser, mit dem Original."

„Dem Original?"

„Ja. Unser Wasser ist nur die irdische Variante, eine Art Bleistiftzeichnung von echtem Wasser."

„Das muss ich nicht verstehen, oder?"

Sonst lief an dem Tag alles ganz normal, außer, dass unser Gast ein seelsorgerisches Naturtalent ist. Wir erzählten ihm abwechselnd unsere Probleme und wurden das Gefühl nicht los, dass uns noch nie jemand so intensiv zugehört hatte.

Nachts hörte ich Geräusche von oben, dort, wo das Gästezimmer ist. Ein hohes, sanftes Klingeln, manchmal einen tiefen Ton wie von einer Orgel. Aber irgendwann schlief ich dann wieder ein.

Natürlich wollte er mit uns in den Gottesdienst. Ich hatte kein gutes Gefühl dabei. Wir sind nicht gerade eine Vorzeigekirche und haben ein paar schwierige Zeiten erlebt, aber er versprach mir, sich zurückzuhalten.

„Ich habe kein Interesse daran, die Leute zu verwirren", meinte er, als er in meinem Pyjama sein Frühstücksei schälte. „Ich rege nur an."

„Zum Glück läufst du nicht in einem langen Gewand mit Jesuslatschen herum, das könnte manche zum Nachdenken bringen."

Er lachte: „Also, dass ich in Liedtexten vorkomme, das bin ich ja gewohnt, und diese vielen Bilder und Statuen überall auch einigermaßen, aber dass mein Name für eine Schuhsorte herhalten muss, ist schon bizarr."

Ich gab ihm nach dem Frühstück ein frisches Hemd und eine von meinen Hosen.

„Was machst du, wenn die Leute dir die Hand geben wollen und denken, du hast Fieber?", fragte ich, als wir ins Auto stiegen.

„Damit muss ich leben."

Unsere Kirche ist nicht so groß wie die Marktkirche, aber das schien ihn nicht zu stören. Ich stellte ihn als einen Freund aus Israel vor, was in gewisser Weise ja auch stimmte.

Er verfolgte interessiert den Gottesdienst. Wir singen eine Mischung von neuen und alten Liedern und haben eine Band vorne. In diesem Zusammenhang klang es etwas seltsam, als Jeschua mit uns das Lied sang: *Mein Jesus, mein Retter.*

Bei uns ist es üblich, dass Gäste ein Grußwort sagen, wenn sie das wollen. Ich hatte leider zu spät daran gedacht, dass Friedhelm an diesem Sonntag die Ansagen machte, der dazu neigte, Gäste nach vorne zu bitten.

Friedhelm fragte doch tatsächlich, ob unser Gast aus Israel nicht ein paar Grüße loswerden wollte und forderte ihn geradezu auf, ans Mikro zu treten.

Jeschua wollte nicht unhöflich sein und marschierte durch den Mittelgang nach vorne. Ich befürchtete Schreckliches.

Jemand, der mit dem Universum verbunden ist, weiß doch, was alles bei uns gelaufen ist, dass wir uns nicht gerade mit Ruhm bekleckert hatten, dass einige bis heute im Clinch miteinander waren und so weiter. Im Grunde die üblichen Machtspiele unter dem Deckmantel frommer Worte. Alles keine Dinge, auf die man als Kirchenmitglied stolz sein kann.

Er ging langsam nach vorne, und ich merkte, dass einige Damen ihn interessiert betrachteten. Da erst ging mir auf, dass er wahrscheinlich als Mann eine starke Ausstrahlung auf Frauen ausübte.

Jetzt ist auch alles egal, dachte ich, es kommt, wie es kommt.

Er bedankte sich ganz höflich und sagte, dass er den Eindruck habe, er sei hier willkommen und erzählte von Israel, und dann begann er mit ein paar Sätzen zu erklären, wer Gott ist, dass er die reine Liebe und an allem interessiert sei, was uns bewegt.

„Gott ist nicht der Spielverderber, für den viele ihn halten. Auch wenn er einem hart und gerecht vorkommt, denken Sie daran, es fließt alles aus seiner Liebe. Und er hat einen großen Respekt vor Ihrer Freiheit und lässt viele unmögliche Entwicklungen in dieser Welt zu. Sie können gerne nach dem Gottesdienst zu mir kommen, wenn Sie mal jemanden brauchen, bei dem sie sich aussprechen wollen, ich reise ja wieder ab."

Dann setzte er sich, aber ich spürte schon, dass die Leute nachdenklich vor sich hinblickten. Es war nicht so sehr der Inhalt, der mich und wahrscheinlich die anderen ebenfalls beeindruckt hatte, das war ja nichts Neues, aber wie er es gesagt hatte ...

Während er redete, hatte ich plötzlich das Gefühl, so wie gestern Abend, dass ich ihm alles erzählen könnte, auch die merkwürdigsten Sachen.

Ich muss wohl nicht extra betonen, dass sich nach dem Gottesdienst eine riesige Schlange von Leuten bildete, die alle mit ihm reden wollten. Das Mittagessen konnten wir knicken.

5

Ansgar fuhr mit dem Finger über die Platte seines Tischchens, während er überlegte. Eine feine Spur blieb auf der Staubschicht zurück. Er wischte mit seinem Ärmel darüber und blinzelte nach draußen in die Sonne. Es herrschte eine angenehme Herbststimmung: Ein blauer Himmel breitete sich über der Siedlung aus. Die vorbeifahrenden Autos glänzten unter dem Licht eines milden Vormittags. Frida, seine Enkelin, war in der Schule und würde erst gegen halb zwei zurückkommen. Er saß wieder in seinem Sessel, ein Glas Wasser neben sich, und beobachtete das Haus. Heute hatte er herausgefunden, dass es bisher vier blonde Mädchenpaare gab, denn morgens, als der schwarze Volvo vor dem Haus hielt, stiegen zwei neue Mädchen in den Wagen.

Er hatte sich gestern Nachmittag, bevor Frida kam, eine Kamera mit starkem Zoom gekauft und sich einen Ordner zugelegt, in dem er die Bilder und andere Beobachtungen aufbewahren wollte. Durch die digitale Technik konnte er die Bilder gleich ausdrucken und abheften. Er war froh, dass er den Umgang mit dem PC und dem Internet auf seine alten Tage noch gelernt hatte. So konnte er auch mit ein paar Freunden E-Mails austauschen.

„Es ist unglaublich“, murmelte er. Von Weitem hätte man gedacht, dass immer dieselben Mädchen in das Auto stiegen. Niemand wäre auf die Idee gekommen, dass es verschiedene Mädchenpaare waren. Aber wo kamen sie her, oder wie kamen sie unbemerkt in das Haus? Denn die Mittagsmädchen, die um halb eins gebracht wurden, waren nicht dieselben wie die Morgenmädchen. Das hatte er auch herausgefunden. Er fand es auch merkwürdig, dass die Mädchen schnell im Haus verschwanden und nicht einmal zum Spielen herauskamen. Aber andererseits war es verständlich, denn ihre falsche Identität wäre aufgefallen, wenn sie mit anderen Kindern gespielt hätten. Die Schaukel und das Klettergerüst standen umsonst im Vorgarten.

Vielleicht sind die Spielgeräte nur Attrappen aus Leichtmetall, dachte Ansgar.

„Ich muss irgendwann einen Blick in dieses Haus werfen", sagte er sich und überlegte, wie er das anstellen könnte. Er brauchte irgendeinen Vorwand, um zu klingeln.

Kurz entschlossen stand er auf, zog seine Schuhe an, verließ seine Wohnung und kaufte im Supermarkt nebenan einen Ball. Er verschmierte etwas Dreck auf der Oberfläche, wischte mit einem Lappen leicht darüber, klemmte sich den Ball unter den Arm, griff nach seinem Stock und ging zu dem Haus hinüber.

Es gab eine Klingel, aber kein Namensschild.

Zaghaft drückte er auf den Knopf. Nichts. Er drückte noch einmal. Diesmal fester und länger. Jetzt meinte er Geräusche zu hören, ein schnelles Tappen von Füßen, das plötzlich verstummte, dann sah er, wie das Licht im Spion sich änderte. Er wurde beobachtet.

Endlich öffnete sich die Tür. Ein Mann mit Anzug und Krawatte stand vor ihm. Es war der Mann, den er neulich mit einer Frau und den zwei Mädchen (welchen?) vor dem Haus gesehen hatte. Der Vater? Der Pseudovater?

War es Absicht, dass er sich so im Türrahmen breit machte, damit Ansgar nicht in das Innere des Hauses blicken konnte?

„Ja?", fragte der Schlipsträger, und seine Augen bewegten sich rasch hin und her, als wolle er sich vergewissern, dass ihn niemand beobachtete.

„Guten Tag, Herr ...?“

Der Mann reagierte nicht.

„Und? Was wollen Sie?“

„Ich bin ihr Nachbar von gegenüber“, sagte Ansgar, „und habe neulich den Ball auf der Straße gefunden. Und da dachte ich mir, er könnte vielleicht Ihren beiden Mädchen gehören.“

Absichtlich ließ er den Ball fallen, sodass er in den Flur rollte und der Mann gezwungen war, sich danach zu bücken.

„Oh, Entschuldigung – ist mir aus der Hand gerutscht.“

Ansgar nützte die Gelegenheit, um einen Blick in den Flur zu werfen.

Was er erkennen konnte, war ein völlig funktionaler Flur. Keine Garderobe, kein Spiegel. Eine Glühbirne hing von der Decke, obwohl die Leute schon seit Wochen darin wohnten.

Der Mann hatte den Ball aufgehoben und gab ihn mit einem mechanischen Grinsen zurück.

„Vielen Dank, der Ball gehört uns nicht.“

„Aber vielleicht wollen Sie die Mädchen fragen, ob er nicht doch ihnen ...?“

„Die Mädchen spielen gar nicht mit einem Ball. Sie ... sie haben andere Spiele.“

„Ach so“, meinte Ansgar, „na dann ...“ Plötzlich kam ihm eine Idee: „Wollen Sie nicht mal einen Nachmittag mit den beiden herüberkommen und mich besuchen? Meine Enkelin ist auch gerade da. Sie ist im ähnlichen Alter. Dann können wir auf eine gute Nachbarschaft anstoßen?“

Der Mann blickte Ansgar an, als sei er nicht ganz bei Trost.

„Nein, vielen Dank, wir sind sehr beschäftigt und legen keinen Wert auf eine enge Nachbarschaft. Auf Wiedersehen!“

Die Tür fiel ins Schloss, und Ansgar stand verblüfft mit dem Ball in der Hand davor.

Auf jeden Fall, dachte er, als er in Gedanken zu seiner Wohnung zurückging, ist das kein übliches Wohnhaus. Irgendetwas Merkwürdiges geht hier vor.

Er hängte den Mantel an den Haken und ging in die Küche. Zeit, das Essen vorzubereiten. Heute hatte er sich entschlossen, Maultaschen zu kochen. Die Brühe machte er aus einer Instantpackung, schnitt drei Mohrrüben und eine Stange Lauch klein und legte die Maultaschen, die es fertig zu kaufen gab, in die brodelnde Brühe.

Zehn Minuten sollten sie nur leicht kochen, und dann würde alles von selbst gar werden. Das ideale Gericht für ihn. Und Frida mochte es auch. Die Röstzwiebeln aus Dänemark streute man darüber, wenn die Maultaschen im Teller schwammen.

Kurz nach halb zwei kam Frida. Er hatte ihr einen Schlüssel gegeben, weil das Haus keine Sprechanlage hatte.

Sobald sie zur Tür hereinkam, änderte sich die Stimmung in der Wohnung. Sie brachte Wind und Sonne mit.

„Es riecht nach Maultaschen in der Brühe!", rief sie und warf ihre Schultasche in die Flurecke.

„Richtig!", nickte ihr Opa und sagte: „Hände waschen, und dann wird gegessen."

Frida war ein Einzelkind. Ansgars Tochter Uta und ihr Mann Sören hätten gerne noch mehr Kinder gehabt, aber es war bei diesem einen Kind geblieben. Manchmal schien es ihm, als ob sich alle Energie in diesem Mädchen geballt hätte. Frida war aber deswegen nicht unruhig. Manchmal konnte sie stundenlang konzentriert bei einer Bastelei sitzen oder ein Buch lesen, aber wenn sie von irgendetwas gepackt war, dann sprühte sie förmlich vor Unternehmungsgeist.

Ihre Frisur änderte sie fast jeden Tag. Die halblangen schwarzen Haare konnte sie in alle möglichen Formen bringen. Heute trug sie Pferdeschwanz.

Ansgar stellte den dampfenden Topf auf den Tisch, neigte seinen Kopf und betete: „Komm, Herr Jesus, sei du unser Gast und segne, was du uns bescheret hast."

„Amen!", rief Frida und plapperte gleich los: „Was hast du denn heute so gemacht, Opa?"

„Na ja", brummte er, „ehrlich gesagt nicht viel. Ich war einkaufen, hab mich kurz mit den neuen Nachbarn unterhalten, etwas gelesen und für uns gekocht. Weißt du, bei mir geht alles etwas langsamer und gemütlicher ab. Und du?"

Frida zerteilte eine Maultasche mit dem großen Löffel und steckte den einen Teil genießerisch in den Mund.

„Deutsch, Englisch, Mathe, Bio. Uff! Ich finde, im Gymnasium muss man irgendwie mehr lernen als in der Grundschule."

„Klar", nickte ihr Großvater. „Das schaffst du nicht mit Links."

Sie löffelten eine Zeitlang stumm die Maultaschensuppe.

„Du, Opa?"

„Ja?"

„Warum beobachtest du denn so genau das Haus gegenüber?"

Ansgar erstarrte. Er durfte sich jetzt nichts anmerken lassen.

„Mich interessiert eben die neue Nachbarschaft."

„Und warum fotografierst du das Haus und die vielen Mädchen?"

„Woher weißt du das?"

„Hm, du weißt ja, ich bin total neugierig. Und als ich heute Nacht aufgewacht bin, habe ich ein bisschen herumgeschnüffelt und deinen Ordner entdeckt."

Ansgar überlegte. Sollte er Frida von seinen Vermutungen erzählen? Warum eigentlich nicht?

„Na gut, dann kann ich es dir auch erzählen ... Jedenfalls, in dem Haus gehen seltsame Dinge vor. Erstens: Es ist zu perfekt. Zweitens: Die Nachbarn sollen den Eindruck haben, dass eine ganz normale Familie mit zwei Mädchen in dem Haus wohnt, aber in Wirklichkeit sind es bisher vier Mädchenpaare, die alle ähnlich aussehen. Jeden Tag kommen neue, mittags und morgens."

Ansgar schwieg und sah Frida an. Schließlich sagte sie: „Ja, das habe ich bei den Bildern auch gemerkt. Und weißt du, was ich denke?"

„Nein."

„Ich denke, wir sind hier, um herauszufinden, was da los ist."

Ansgar grinste. „Aha, so einfach ist das!"

„Klar", nickte Frida. „Uns ist es aufgefallen, und deswegen müssen wir es auch herausfinden."

Ansgar überlegte und sagte dann: „Ich hab übrigens heute unter einem Vorwand da drüben geklingelt, um einen Blick in das Haus zu werfen."

„Und?"

„Es sieht so aus, als ob in dem Haus gar nicht richtig gewohnt wird. Da geht irgendetwas anderes vor sich. Aber was?"

„Mensch, das ist ja total spannend. Lass uns einen Plan machen."

„Ja, aber vorher werden Hausaufgaben gemacht."

6

Wir fuhren vom Gottesdienst nach Hause, saßen nachmittags draußen im Garten und aßen ein paar belegte Brote. Die Herbstsonne schien noch ziemlich intensiv. Unnötig zu erwähnen, dass Jeschua keine Sonnenmilch brauchte.

Wir hatten gerade gemeinsam überlegt, wie wir das Reisen organisieren sollten. Da meine Frau Charlotte einen normalen Beruf hatte und sich nicht einfach ein paar Wochen frei nehmen konnte, vereinbarten wir mit Jeschua, dass sie jeweils an den Wochenenden nachkommen würde.

„Aber bevor wir auf Reisen gehen", sagte er zu mir, „solltest du einen Reinigungsprozess durchlaufen, damit du meine Gegenwart auf Dauer aushalten kannst."

Ich fing an zu schwitzen. „Was für einen ... einen Reinigungsprozess?"

Ich sah im Geist eine himmlische Waschmaschine, in die man mich stecken würde, und den anschließenden Schleudergang wollte ich mir erst gar nicht vorstellen.

„Denk an Jesaja, an Paulus und an die anderen", sagte er. „Alle Leute, die mit Gott in Berührung kamen, mussten für ihren Dienst gereinigt oder geläutert werden."

Ich erinnerte mich an die Berufung Jesajas, dessen Lippen mit glühenden Kohlen gereinigt wurden, natürlich nicht buchstäblich.

„Du vergleichst mich mit Jesaja, dem Giganten des Alten Testaments? Ist das nicht ein bisschen übertrieben?"

„Ich wollte dir nur Beispiele nennen. Ich selbst wurde auch

in der Wüste gereinigt, bevor ich in die Öffentlichkeit trat. Eine sechswöchige Fastenkur."

„Aber ... aber warum denn? Ich soll dich doch nur begleiten und hinterher alles aufschreiben oder aufschreiben lassen."

Jetzt lächelte Jeschua und sagte: „Es ist schon merkwürdig. Kein Jahrhundert hat so viel Wert auf äußere Reinigung gelegt wie dieses Jahrhundert. Es gibt tausend verschiedene Reinigungsmarken, vor jeder OP wird alles gründlich gereinigt und sterilisiert. Es gibt Reinigungsmilch für das Gesicht, es gibt Abführmittel, um den Darm vor einer Darmspiegelung zu reinigen. Millionen von Menschen arbeiten in Reinigungsfirmen, aber ausgerechnet der wichtigste Teil des Menschen, die Seele, scheint von der Reinigung ausgeschlossen zu sein. Niemand scheint es zu kümmern, dass euer Inneres mit der Zeit verdreckt, abstumpft und langsam einrostet!"

Ich schwieg betroffen und hörte ihm weiter zu.

„Ich habe euch doch die Vergebung zurückgelassen, damit ihr euch immer wieder reinigen könnt. Die Katholiken haben immerhin noch die Vergebung in Form eines alten Beichtrituals beibehalten, aber ihr Evangelischen denkt, man muss nur den Satz aussprechen: *Ich bekenne meine Schuld*, und alles sei weggewischt. Das wäre so ähnlich, wie wenn eine Putzfrau bei einem verdreckten Zimmer ausrufen würde: *Ich bekenne, dass dieses Zimmer dreckig ist, ich glaube an die Reinigungskraft von Bürste und Seife.* Und dann würde sie darauf hoffen, dass sich das Zimmer von selbst reinigt.

„Ja, aber", begann ich, „muss ich jetzt in mich gehen und alles hervorholen, was ich an Falschheiten und Sünden in den letzten Jahren begangen habe und sie vor Gott präsentieren?"

„Keine Angst, diese Arbeit macht der Heilige Geist in dir. Du musst nur bereit sein, dich deinen Verkrustungen, blinden Flecken und Sünden zu stellen, sie Gott hinhalten, und er wird dir vergeben. Das ist wie das Bad in einem Kristallsee. Herrlich erfrischend."

Er überlegte kurz und fügte hinzu: „Ich will dich aber nicht bedrängen. Wenn du nicht gereinigt werden willst – okay. Alles im Reich Gottes geschieht freiwillig. Aber dann musst du damit rechnen, dass dir meine Gegenwart mit der Zeit auf die Nerven geht, dass du müde und lustlos wirst, kraftlos und ohne Elan. Es ist für mich kein Problem, jemand anderen zu finden. Also: überleg dir's."

„Und was ist mit meiner Frau, muss die auch so ein ... ein Reinigungsdings über sich ergehen lassen?"

Ich sah, wie Charlotte unruhig wurde.

„Kümmere dich nicht um deine Frau, sie geht ihren eigenen Weg."

Jeschua schüttelte den Kopf: „Was ist bloß passiert?", seufzte er, „das schönste Geschenk, die Vergebung, fürchtet ihr wie der Teufel das Weihwasser. Ich dreh mal eine Runde durch eure Siedlung, dann hast du Zeit, dir alles einmal gründlich zu überlegen."

Er stand auf und ging los, ohne sich umzudrehen.

Wir waren zunächst sprachlos. Die Sache, die so spektakulär angefangen hatte, ging plötzlich ans Eingemachte.

„Na ja", meinte Charlotte, „er hat ja irgendwie recht, oder? Manche Leute putzen vor jeder Reise ihre Wohnung oder ihr Auto, aber an die Seele denkt niemand."

„Seele, Seele", murmelte ich. „Klar, die Katholiken glauben noch daran, aber in der protestantischen Theologie vermeidet man den Begriff. Der Mensch sei eine Einheit, heißt es. Was man früher Seele nannte, bedeutet einfach die lebendige Seite des Menschen, eine Funktion des Körpers. Gott schafft nach dem Tod alles neu ..."

„Ach so", führte Charlotte meine Gedanken weiter, „und wenn es keine richtige Seele gibt, dann muss sie auch nicht gereinigt werden?"

„So ähnlich. Ich dachte immer, die Vergebung ist eine Beziehungssache und nicht eine Bürste mit himmlischer Seife."

„Aber wenn Jeschua das sagt? Er muss es schließlich wissen. Als er zu dem Verbrecher am Kreuz sagte: *Heute wirst du mit mir im Paradies sein*, dann hat er doch damit gerechnet, dass die gesamte Persönlichkeit dieses Mannes nach dem Tod woanders sein würde, oder nicht?"

„Ja schon. Seele – das ist ein völlig veralteter Begriff und ..."

Ich hörte mit Sprechen auf, weil Jeschua wieder auftauchte.

„Na? Hast du dich entschieden?"

Ich seufzte. „Wir diskutieren gerade, ob es überhaupt eine Seele gibt, die dreckig werden kann."

„Richtig, die Seele ist inzwischen aus der Mode gekommen. Vielleicht hilft es ja, wenn ihr sie mal kurz sehen könnt. Dazu muss ich eure inneren Augen öffnen. Augenblick mal."

Ich wollte gerade sagen, wie das vor sich gehen sollte, da veränderte sich plötzlich die Umgebung. Ich war geplättet.

Neben mir und um uns herum standen eine Menge menschlicher Gestalten. Einige von ihnen leuchteten in wunderbaren Farben, andere sahen dunkel aus oder hatten eine dumpfe Ausstrahlung.

Ich sah zu meiner Frau hinüber und merkte, dass ihr Körper von innen leuchtete und einen silbrigen Glanz versprühte.

„Die meisten Seelen um euch herum können euch jetzt nicht sehen, eure Körper sind für sie zu grob und verdecken sie. Natürlich gibt es keine Seele ohne Körper. Die Leute um euch herum haben einen geistigen Körper. Einige von ihnen sind Engel mit einem himmlischen Körper, die können euch sehen." Er nickte einem dieser leuchtenden Gestalten zu und redete zu ihm in einer fremden Sprache, die sich seltsam anhörte, reich an Vokalen und sehr melodisch.

Und schon war die Versammlung von Seelen verschwunden.

„Dass ihr das sehen konntet, ist eine Ausnahme", sagte Jeschua. „Es ist nicht gut, die anderen dauernd wahrzunehmen, das würde euch nur verwirren. Aber habt ihr die dunklen, dumpfen Gestalten gesehen?"

Wir nickten.

„Das waren Seelen, die nicht das Vergnügen hatten, durch die Vergebung gereinigt zu werden. Es ist ungefähr so, als ob du wochenlang im Garten gearbeitet hast, aber es gibt keine Dusche weit und breit. Also, was ist? Wollt ihr generalüberholt werden oder nicht?"

Die Sache mit den dunklen Seelen hatte mich überzeugt. „Okay, ich bin bereit."

„Ich auch", sagte Charlotte.

7

Jeschua fuhr sich durch die Haare, blickte mich an und gab mir dann den Tipp, ein leeres Blatt zu nehmen, mich zurückzuziehen und alles aufzuschreiben, was mir an Dingen einfiel, die in letzter Zeit nicht richtig gewesen, die schief gelaufen sind und die ich nun bereute.

Dann sollte ich mit dem vollgeschriebenen Blatt zu ihm kommen, und er würde mir vergeben.

Ich dachte zuerst, wie soll ich bloß dieses Blatt füllen? Aber als ich dann anfing, allen vergangenen Mist aufzuschreiben, der mir in den Sinn kam, wurde es immer mehr, und ich musste das Blatt umdrehen. Menschen kamen mir in den Sinn, mit denen ich mich verkracht hatte, kleine Unehrlichkeiten, Notlügen, verpasste Gelegenheiten, wo ich eigentlich etwas hätte tun sollen und es nicht getan hatte, die scheinbar harmlose Fahrerflucht nach einem verunglückten Einparken und so weiter. Irgendwann versiegten die Einfälle, und ich ging zu Jeschua und wollte ihm mein Blatt geben.

„Laut vorlesen", sagte er nur.

„Aber du weißt doch schon alles."

„Egal. Das gehört zum Ritual."

Ich überwand mich und las es ziemlich leise vor.

Als ich fertig war, fragte er: „Bereust du das alles?"

„Klar, und wie."

„Gut. Ich vergebe dir."

Dann war es still. Zuerst dachte ich. Und jetzt? War ja alles ein bisschen prosaisch. Ich spürte nichts.

„Woher weiß ich denn, dass es vergeben ist?", fragte ich.

„Abwarten", sagte Jeschua.

Ich wartete, und dann kam eine Woge über mich wie eine riesige Welle, und mir kam es vor, als ob der ganze Dreck weggespült wurde.

Mein Inneres fühlte sich frisch an, und ein Friede breitete sich in meinem Körper aus wie ein Orgelton, der immer reicher und klangvoller tönte.

Ich fing an zu weinen und konnte gar nicht aufhören. Aber es war ein gutes Weinen.

Ich stand auf, wankte nach draußen in den Garten und setzte mich auf eine Bank. Ich brauchte frische, kühle Herbstluft. Hinter mir hörte ich wie Jeschua sagte: „Und das lasst ihr euch entgehen?"

Ich war nun also generalüberholt oder gereinigt und bereit, meinen Reisedienst mit Jeschua anzutreten. Meine Frau war dann nach mir dran, kam ziemlich aufgelöst aus dem Reinigungszimmer und setzte sich neben mich. Stumm blickten wir über den Rasen und sahen, wie durch die Lavendelbüsche der Wind strich.

Seltsam, dachte ich, da zitieren wir Christen regelmäßig im Glaubensbekenntnis den Satz: *Ich glaube an die Vergebung*, aber kaum jemand wendet ihn praktisch an.

Mir fiel eine Geschichte ein, die ich mal gelesen hatte. Ein Seifenfabrikant hatte eine neue Seife auf den Markt geworfen und verdiente ganz gut damit. Als er einen Priester traf, kam er mit ihm ins Gespräch und sagte: „Mit dem Glauben ist es ja so eine Sache. Seit zweitausend Jahren gibt es nun schon den christlichen Glauben, aber hat sich deshalb irgendetwas Grundlegendes geändert? Es gibt immer noch genügend Elend. Die Menschen ändern sich eben nicht. Meine Seife hat mehr verändert als zweitausend Jahre Kirchengeschichte."

Der Priester sagte nur: „Gut. Sie haben eine neue Seife entwickelt, und jetzt schauen Sie sich mal dieses Kind an: total dreckig."

Der Seifenfabrikant lachte: „Aber man muss doch die Seife anwenden."

„Genau", nickte der Priester, „man muss den Glauben anwenden."

Wie gesagt: Wir waren jetzt startklar und gespannt, wie es mit uns und Jeschua weitergehen sollte.

Die Terrassentür öffnete sich, und Jeschua setzte sich auf einen der Stühle neben uns. Er hatte ein Tablett mit Tassen, etwas Gebäck und eine Kanne Tee. Außerdem hatte er unsere Jacken mitgebracht. Allmählich wurde es kühl nur im Hemd. Wir gossen uns Tee ein und tranken einen Schluck.

Jeschua gab mir eine Kreditkarte und sagte mir: „Besorge uns zwei Flüge nach New York."

„Hin und zurück?"

„Nein, nur einfach. Wir müssen die Rückreise spontan buchen. Und dann nimmt sich Charlotte für das kommende Wochenende kurzfristig einen Flug, um uns zu treffen. Ich lasse ihr auch eine Kreditkarte zurück."

„Einen Flug wohin?"

„Das weiß ich noch nicht. Ich bin nicht mehr allwissend und muss auf Eingebungen achten."

„Okay", sagte ich. „Business oder Touristen?"

„Bist du schon mal Business Class geflogen?", fragte Jeschua.

„Bisher noch nicht."

„Dann buche Business. Ist für uns alle ein bisschen entspannter. Wir werden noch oft genug auf schlechten Straßen fahren."

„Gut. Mit Vergnügen. Ich brauche aber für dich einen vollen

Namen, Adresse mit Geburtsdatum und allem. Hast du überhaupt einen Pass?"

Er stand auf, ging ins Haus und kam tatsächlich mit einem Pass zurück. Neugierig nahm ich ihn in die Hand. Es war ein deutscher Pass, und unter dem Passbild stand: Josua Davidsen und eine Adresse in Hannover. Geboren: zweiundzwanzigster September 1987.

„Josua ist im Grunde das gleiche wie Jeschua, aber klingt hier normaler."

„Und wie kommst du zu dieser Adresse?", fragte ich und goss mir noch eine Tasse Tee ein.

„Eine reguläre Adresse. Ich stehe ganz offiziell im PC des Einwohnermeldeamtes."

„Keine Ahnung, wie du das gemacht hast."

„Vor dreihundert Jahren war das noch nicht nötig. Aber jetzt wird hier alles registriert."

Ich zuckte die Schultern. „Im Himmel doch auch, oder nicht? Selbst unsere Haare sollen gezählt sein."

Jeschua lachte. „Ich sehe schon, du scheinst dich in der Bibel auszukennen. Aber das hat einen anderen Grund, warum der Himmel so gründlich ist."

„Und welchen?"

„Das hat etwas mit der Liebe zu tun. Was man vom Einwohnermeldeamt nicht unbedingt sagen kann."

8

Wir fuhren mit einem Taxi und unserem Handgepäck durch das Verkehrsgewühl von New York. Jeschua hatte mich überredet, nur Handgepäck mitzunehmen.

„Lass uns zuerst einmal hier ankommen", sagte Jeschua. „Ich liebe den Central Park. Besonders jetzt, wenn die Blätter bunt sind."

Er fing sofort ein Gespräch mit dem Taxifahrer an, natürlich sprach er fließend Englisch, stellte sich mit Joshua vor und erfuhr, dass der Fahrer Ken hieß. Ich fragte mich, warum Jeschua gleich so vertraulich einstieg.

Er wird seine Gründe haben, dachte ich mir und blickte aus dem Fenster.

Ich war überrascht, in dieser Riesenstadt so viel Natur zu sehen. Ein herrlicher Tag, irgendwie luftig, die Wolkenkratzer wirkten leicht wie aus Styropor. Sogar Fußgänger entdeckte ich. Ich dachte immer, in Amerika würde kaum jemand zu Fuß gehen. Unterwegs musste ich notgedrungen mit anhören, was Jeschua mit dem dunkelhäutigen Ken redete. Sie hatten gerade über den hohen Energieverbrauch der Amerikaner gesprochen, und nun fragte ihn Jeschua, was er zum Waffenkonsum meinte. Ob er es gut fände, dass jeder Amerikaner sich beliebig viele Waffen kaufen könnte.

„Klar, Josh", sagte der Fahrer. „Du kannst dir nicht vorstellen, was für abgedrehte Kunden manchmal bei mir mitfahren, und da hab ich im Türfach eine geladene Glock 25 liegen, unter meinem Sitz eine G 27, und jetzt besorge ich mir etwas ganz Neues: eine Pistole, die wie ein Smartphone aussieht. Wenn dir jemand eine Knarre an den Kopf hält, sagst du: ‚He, lass mich nur noch kurz meine Mama anrufen', und peng – ist der Kerl erledigt. Ist doch genial, oder?"

Er freute sich wie über einen guten Witz. Jeschua lachte nicht.

„Wenn alle bewaffnet sind, Ken", sagte Jeschua, „dann erhöht sich doch die Gefahr, dass du irgendwann abgeknallt wirst, bevor du in dein Taxi steigst. Vielleicht von dem Mann, dessen Bruder du mit deinem Smartphone gerade ermordet hast. Was nützen dir dann deine Waffen im Auto?"

„Mann! Ermordet! Das klingt so hässlich. Aber egal, die Waffen geben mir eben ein sicheres Gefühl."

„Und wenn du Angst bekommst und einfach losknallst und eine Mutter oder einen Familienvater dabei umbringst?"

„Pech. Man muss eben ständig auf der Hut sein. Wir Amerikaner lieben unsere Waffen. Wir sind damit aufgewachsen, sie gehören zum Leben dazu wie Mac Donald's oder Stars and Stripes. Und – he! Du kannst in diesem Land nur etwas durchsetzen, wenn du der Stärkere bist."

„Und stark sein heißt Waffen haben?", fragte Jeschua, und ich spürte förmlich, dass der arme Kerl gerade in eine Falle tappte.

„Klar."

„Du kommst doch irgendwo aus dem Süden, oder? Georgia vermutlich?"

„Stimmt." Der Mann grinste.

„Und wie war das noch mit Martin Luther King? Wie viele Waffen hatte er gehabt, als er die Rassengesetze veränderte?"

„Keine Ahnung."

„Er trug keine bei sich. Er trug unter seinem Hemd Gottvertrauen. Seine Waffe war Gewaltlosigkeit. Und er hat etwas bewirkt. Schien am stärkeren Hebel zu sitzen. Komisch, oder?"

„Na ja", meinte Ken. „Sie haben ihn aber abgeknallt."

„Aber bis heute redet man von ihm. Oder denk an Jesus. Auch jemand ohne Waffen, und an jeder Ecke gibt es hier eine Kirche von ihm."

Ken fuhr schweigend weiter. Schließlich sagte er: „Okay, Josh, eins zu null für dich, aber ist es nicht besser, wenn man den Leuten beibringt, wie man mit Waffen umgeht, als immer alles zu verbieten?"

„Hört sich gut an. Aber manche Dinge kriegt man nicht anders in den Griff. Probier es doch mal aus, Ken. Eine Woche im Taxi ohne Waffen."

Ich sah, wie Ken das Gesicht verzog, als ob er in eine Zitrone gebissen hätte.

„Na gut", meinte Jeschua, „eine Woche ist zu lang für dich. Ich gebe dir fünfhundert Dollar, wenn du es einen Tag lang schaffst, ohne eine Waffe herumzufahren."

„Fünfhundert Dollar? Wirklich?"

„Ich bin noch ein paar Tage hier. Sagen wir, wir treffen uns morgen um dieselbe Zeit am Flughafen."

Ken lachte: „Bist du verrückt? Woher willst du wissen, ob ich das eingehalten habe?"

„Glaub mir", sagte Jeschua. „Ich weiß es einfach."

Ken sagte eine Weile nichts, fuhr schweigend weiter, überholte einen uralten Ford. Schließlich hielt er an und meinte: „Wir sind da. Central Park West, the Lake. Wenn ihr rechts reingeht, stoßt ihr automatisch auf den Lake. Macht achtzehn Dollar. Und Josh – ich probier's. Morgen um die gleiche Zeit am Flughafenausgang bei den Taxis, außer, wenn ich vorher abgeknallt werde." Er lachte. Jeschua lachte nicht.

„Ich werde da sein, Ken. Natürlich bezieht sich das Waffenverbot auch auf Messer, Pfeffersprays, Baseballschläger und Elektroschocker."

Wir standen schon draußen. Ken beugte sich aus dem Fenster und rief Jeschua hinterher: „Und wer sagt meiner Witwe Bescheid?"

„Das mach ich schon", sagte Jeschua und winkte ihm noch einmal zu.

Wir gingen weiter und näherten uns dem Park.

„Komische Wette", meinte ich. „Und mit welchen wichtigen Leuten wirst du heute sprechen?"

„Das erste wichtige Gespräch habe ich gerade geführt", sagte Jeschua.

„Was? Mit einem Taxifahrer?"

„Für Gott ist jeder Mensch wichtig. Während ich hier bin, kommt es darauf an, den richtigen Menschen zum richtigen Zeitpunkt zu treffen. Warten wir's ab."

Wir betraten eine andere Welt. Einfach faszinierend, mitten in dieser geschäftigen Stadt einen riesigen Park zu haben. Leute waren unterwegs, einige saßen auf einer Bank und aßen etwas, zwei Jogger sprinteten an uns vorbei, weiter hinten standen ein paar Jugendliche zusammen, vielleicht, um einen Straßenkünstler zu bewundern.

Ich merkte, dass ich müde wurde, die Zeitverschiebung steckte noch in meinen Knochen. Als der See auftauchte, steuerte ich auf eine Bank zu.

„Müde?", fragte Jeschua.

„Ja. Zuhause wäre es jetzt abends. Wirst du eigentlich nie müde?"

Jeschua setzte sich zu mir und sagte: *„Der Hüter Israels schläft noch schlummert nicht."*

Es hörte sich an wie ein Zitat. Wahrscheinlich aus der Bibel.

„Aber", fuhr er fort, „das heißt nicht, dass im Himmel nur Hochbetrieb herrscht. Manche Engel schlafen regelmäßig. Und Menschen, die noch nicht lange im Himmel sind, schlafen auch. Sie haben diesen Rhythmus verinnerlicht. Weißt du, das Schlafen in der anderen Welt ist ganz anders als hier. Es ist kein erschöpfter Schlaf, sondern ein Hinübergleiten in einen leichteren Zustand, bei dem alles zur Ruhe kommt. Wer es mag, der kann sich einen funkelnden Sternenhimmel wünschen oder einen sanften Nachtregen ..."

„Das hört sich gut an", murmelte ich. „Ich liebe es, wenn es nachts regnet."

„Natürlich schlafen auch die Kinder, die hier sterben", sagte Jeschua, „besonders, wenn sie traumatisiert sind."

„Dann stimmt es also, dass die andere Welt der berühmte Ausgleich ist?"

„Oh ja", er nickte ernst. „Ohne den Ausgleich im anderen Leben, würde die groteske Ungerechtigkeit in dieser Welt doch überhaupt keinen Sinn ergeben, alles wäre dann ein riesiges, zufälliges Chaos."

„Viele denken, dass es so ist."

„Ich weiß. Traurig, aber wahr." Er öffnete seinen Rucksack und holte eine Tüte heraus.

„Was ist das?"

„Fishburger, Pommes-frites und Wasser."

„Wo hast du das denn so schnell ...", wollte ich fragen, bis mir die Geschichte von der Speisung der Fünftausend einfiel, obwohl es eigentlich keine Kunst gewesen wäre, sich irgendwo etwas zu kaufen. War Jeschua nicht vor der Taxifahrt kurz weg gewesen?

Der Fishburger schmeckte großartig. Vielleicht aber auch nur, weil ich Hunger hatte.

Wir aßen ein paar Augenblicke schweigend.

„Was hast du als nächstes vor?“, fragte ich.

„Ich bin hier verabredet mit einer Frau“, sagte Jeschua.

„Ach, sieh mal einer an“, rutschte es mir heraus.

„Sie weiß es aber noch nicht.“

Er trank einen Schluck und setzte dann hinzu: „Am besten, ich lasse dich hier sitzen, du machst eine Siesta, ich unterhalte mich mit meiner Freundin und komme dann hierher zurück. Außerdem wäre sie etwas befangen, wenn wir zu zweit bei ihr auftauchten. Und du könntest dir inzwischen ein paar Notizen machen, von dem, was bisher passiert ist.“

Er stand auf und ging. Mir kam es vor, dass das keine Vorschläge waren, sondern Befehle, allerdings in einem freundlichen Ton.

Da saß ich nun im Central Park in New York, war unterwegs mit dem Auferstandenen und hatte gleich zwei Arbeitsaufträge erhalten: Schlafen und Notizen machen. Ich entschied mich für das erste, stützte meinen Ellenbogen auf die Lehne der Bank und legte meinen müden Kopf in die Handfläche. Hätte ich geahnt, was noch alles auf mich zukommt, wäre ich wahrscheinlich nicht eingeschlafen. Es ist nur gut, dass wir die Zukunft nicht kennen.

9

Ich fuhr zusammen, weil jemand mich an der Schulter anfasste. Als ich aufschreckte, sah ich Jeschua vor mir stehen und neben ihm eine Frau, die ihre Haare unter einem Kopftuch versteckt hatte.

Jeschua in Begleitung einer Kopftuchfrau, vielleicht sogar einer Muslima! Damit hatte ich nicht gerechnet, eher mit einer netten Amerikanerin.

Ich muss wohl etwas ratlos ausgesehen haben, denn er fing an zu lachen und meinte auf Englisch zu seiner „Freundin“, ich würde ihn auf seinen Reisen begleiten.

Die Frau nickte, sagte aber nichts, sie schien irgendwie schüchtern zu sein. Ich blickte mich um, aber sah weder den Ehemann einen Bruder oder den Vater.

Ungewöhnlich, dachte ich.

„War die Frau ohne männliche Begleitung unterwegs?“, fragte ich ihn auf Deutsch.

„Wieso? Sie hat doch uns.“

„Na ja, aber normalerweise sind Frauen mit Kopftüchern nicht alleine unterwegs, bestimmt kommt gleich ihr Mann hinter dir her und schlägt dich zusammen.“

„Oh, den Mann habe ich schon kampfunfähig gemacht“, sagte Jeschua auf Englisch.

„Du hast was?“ Inzwischen war ich richtig wach geworden. Irgendwie konnte ich mir nicht vorstellen, dass Jeschua den Ehemann niedergeschlagen hatte.

„Ich habe Sayans Ehemann nicht niedergeschlagen“, antwortete Jeschua auf meine Gedanken, „ich hab ihn nur kampfunfähig gemacht. Das ist ein Unterschied." Er wandte sich an die Frau: „Setz dich, Sayan, mein Freund ist noch etwas verwirrt."

Die Frau setzte sich in einem gewissen Abstand neben mich, ohne mich anzusehen.

Ich hob hilflos meine Schulter. „Ich bin ganz Ohr."

Jeschua ließ sich auf der Banklehne nieder.

„Erzähl ihm deine Geschichte, Sayan", sagte Jeschua.

Die Frau erzählte mit einem harten englischen Akzent, was ihr passiert war:

„Mein Mann wollte mich verprügeln", begann sie, „weil ich gelacht hatte. Er dachte, ich hätte über ihn gelacht und drehte durch. Dabei habe ich über zwei Eichhörnchen gelacht, die auf einem Ast gesessen haben. Wir waren im Park, und es war niemand da. Und bevor mein Mann richtig ausholen konnte, stand da dieser Mann neben ihm und hielt seinen Arm fest. Wütend wollte sich mein Mann befreien, aber der Griff von Joshua war so fest, dass es nicht ging.

Ein Griff hart wie ein Diamant, dachte ich.

Da sagte Joshua einen Satz auf Farsi zu ihm, den ich nicht verstand. Ich verstand schon die Worte, aber ich weiß nicht, was sie bedeuteten. Plötzlich ließ mein Mann seinen Arm sinken und rannte davon. Ich wusste nicht, was ich sagen sollte, und wollte hinter meinem Mann hergehen, da sagte er", sie deutete auf Jeschua: „„Lass ihn laufen, das muss er erstmal verdauen, du hast doch sicher Verwandte in der Nähe?' Ich nickte. ‚Lass uns da hingehen', meinte er. Und jetzt bin ich hier."

Sie schwieg und war mit ihrer Geschichte zu Ende.

Ich schwieg auch, aber dann stand sie von der Bank auf und sagte: „Also gut, gehen wir. Es wird kalt."

Manche Leute, die uns entgegenkamen, blickten uns interessiert an. Eine Kopftuchfrau mit zwei westlich aussehenden Männern hatten sie wahrscheinlich nur selten gesehen.

Nach zwanzig Minuten erreichten wir einen ungefähr zehnstöckigen Häuserblock. Die Frau ging voraus, drückte auf einen Knopf, und ein paar Minuten später standen wir in einer großzügigen Wohnung, umringt von Frauen, Männern und mindestens drei Kindern, die alle auf uns einredeten.

Schließlich saßen wir barfuß auf einer breiten Couch und mussten Tee trinken und Reis mit einer grünen Fleischsoße essen, was Klassen besser als der Fishburger schmeckte.

Ich bekam kaum etwas mit, weil Jeschua natürlich fließend Farsi redete.

Es war allerdings auch jemand da, der Farsi nicht verstand und dem man alles auf Englisch erklärte.

Jeschua musste unzählige Hände schütteln.

Nachdem sich alle beruhigt hatten, fing Jeschua an, eine längere Rede zu halten, und die Leute hörten dermaßen konzentriert zu, dass ich mir vornahm, ihn hinterher auszuquetschen, was er da von sich gegeben hatte.

Ich bekam schließlich mit, dass die Verwandten alle der Meinung waren, auf den Ehemann von Sayan könne man durchaus verzichten. Die arrangierte Ehe hatte von Anfang an unter einem schlechten Stern gestanden. Sayan hatte die Ehe mit diesem Mann nicht gewollt, aber der Druck der Verwandten ihres Mannes war größer gewesen.

Natürlich würde sie für die erste Zeit bei ihren Schwestern unterkommen, und man würde dann sehen, was weiter mit ihr geschah.

Jeschua stand irgendwann auf und sagte, er müsse weiter. Alles Drängen, hier zu bleiben, stimmte ihn nicht um.

Er segnete die Familie und ging. Mir bleib nichts anderes übrig, als ihm wieder zu folgen. Das kannte ich ja schon.

Als wir auf der Straße standen, sagte er: „Ich muss jetzt noch zu einer Demonstration. Kommst du mit? Danach machen wir Pause, und du hast etwas mehr Zeit für dich."

Damit konnte ich mich anfreunden. Auch diesmal nahmen wir kein Taxi.

„Ich liebe es, zu Fuß zu gehen", sagte Jeschua.

In dieser Gegend sahen wir ab und zu Leute, die ebenfalls zu Fuß gingen. Unterwegs fragte ich ihn, was er denn im Wohnzimmer alles gesagt habe.

„Oh, meinte er, „im Wesentlichen das, was Matthäus in der Bergpredigt von mir überliefert hat, allerdings an die Situation angepasst."

„Aha. Und diese Moslems konnten damit etwas anfangen?"

„Sie haben noch nie so intensiv zugehört. Dass du von Gott geliebt wirst, bevor du irgendetwas getan hast, das war neu für sie, obwohl sie es doch jeden Tag selbst praktizieren."

„Wieso?"

„Na ja, wenn ein Kind geboren wird, liebt doch jeder dieses Baby. Manche Eltern sind förmlich verrückt danach, und dabei kann dieses Wesen weder sprechen, noch gehen, noch irgendetwas Nützliches tun. Im Gegenteil: Es schreit und macht regelmäßig in die Hosen. Es stinkt, es raubt dir den Schlaf, und trotzdem wird es geliebt.

So geht Gott eben auch mit uns um, eigentlich eine ganz normale Sache, aber es brauchte die Reformation, um es wieder mal allen klar zu machen, und es kostete mich vor zweitausend Jahren mein Leben, damit alle wussten: Die Liebe Gottes ist ernst gemeint."

Komisch dachte ich, dass man die gesamte Kirchengeschichte und den christlichen Glauben in einem Satz zusammenfassen kann.

„Alles wirklich Wichtige ist gleichzeitig auch einfach", sagte Jeschua, der meine Gedanken kannte.

„Elektrizität?", warf ich ein.

„Es fließt eine Kraft durch das Leben", sagte Jeschua. „Kompliziert ist nur, wie man sie speichert und nutzbar macht."

Ich überlegte: „Sprachen lernen?"

„Kinder lernen eine neue Sprache innerhalb von sechs Wochen. Ohne Bücher, ohne Lehrer."

„Ich werde noch etwas finden, das wichtig ist und gleichzeitig kompliziert", sagte ich.

„Viel Erfolg!"

„Ach, da fällt mir noch etwas ein", fing ich wieder an, wurde aber unterbrochen, weil es hinter uns fürchterlich krachte. Ich zuckte zusammen und drehte mich um: ein Auffahrunfall.

Wir liefen zu der Unfallstelle.

Zwei Leute hatten schon ihr Mobiltelefon am Ohr. Der Verkehr staute sich. Wir kämpften uns durch den Menschenauflauf.

Jemand kniete neben dem Verletzten, der halb aus dem Wagen hing.

„Lassen Sie uns durch", sagte ich energisch. „Hier ist jemand, der helfen kann."

Der Mann, der neben dem Verletzten kniete, betrachtete mich. „Ich bin Arzt."

„Okay, aber mein Bekannter kann noch effektiver helfen."

„So?", fragte der Arzt. „Wie denn?"

„Durch Handauflegung."

„Danke, das brauchen wir hier nicht." Ich hörte das Signalhorn der Sanitäter und wandte mich an Jeschua: „Nun tu doch was!", raunte ich ihm zu.

„Wieso?", fragte Jeschua. „Ein Arzt ist da, gleich kommt der Krankenwagen und nimmt ihn mit. Der Mann ist optimal versorgt."

„Sehr vernünftig", nickte der Arzt und versuchte die Blutung zu stillen.

Ich verstand die Welt nicht mehr. Hier stand der Wundertäter aller Wundertäter und unternahm nichts. Ich sah, wie zwei Männer eine Liege brachten.

„Lass uns gehen", sagte Jeschua, „wie gesagt: Der Mann ist gut versorgt."

Widerstrebend ließ ich mich mitziehen, drehte mich aber noch ein paar Mal um.

Unterwegs erklärte mir Jeschua: „Damals, als ich in Israel unterwegs war, gab es keine Krankenwagen oder einen Arzt, der gleich zur Stelle war. Es gab keine modernen Krankenhäuser und effektive Medikamente. Das war eine andere Zeit."

„Ja", nickte ich, „dafür haben wir heute einen riesigen Gesundheitsapparat."

„Klar, manchmal gibt es Wildwuchs, da muss man dann einiges zurechtstutzen." Er blieb stehen. „Hörst du es?"

„Was?"

„Die Demonstranten."

Tatsächlich hörte ich aus weiter Ferne rhythmisches Rufen, konnte aber die Worte nicht unterscheiden.

Ein paar Straßen weiter trafen wir dann auf eine bunte Truppe, die selbstbemalte Transparente hoch hielt. Ich entzifferte: „Only one way to heaven." Und: „Invite Jesus into your life – now". Ein anderer hatte ein Plakat, auf dem ein Feuer abgebildet war. Darunter stand: „Turn or burn."

Mann, dachte ich, ein harter Slogan: *Kehr um, oder brenne in der Hölle.*

Ich stieß Jeschua an: „He! Sie demonstrieren für dich!"

„Nicht für mich persönlich, eher für ihr eigenes System oder Programm."

„Naja, aber sie haben schon ein paar Bibelworte, die sie unterstützen, zum Beispiel: Es ist in keinem anderen Heil ..., oder: Niemand kommt zum Vater als nur durch mich ... und Ähnliches."

Jeschua seufzte: „Es ist immer problematisch, wenn man die Aussagen verliebter Leute in ein dogmatisches System presst."

„Wieso verliebt?"

„Das sind begeisterte Aussagen meiner Anhänger in der Anfangsphase der Kirche. Verliebte denken ausschließlich radikal."

„Aber: Niemand kommt zum Vater...? Soll ja angeblich von dir selbst stammen."

„Oh ja, zum liebenden Vaterherzen Gottes geht der Weg nur über mich. Ich bin schließlich die sichtbare Gestalt Gottes."

Während ich noch über diese Sätze nachdachte, ging Jesus auf die Gruppe zu, griff nach den Transparenten und zerbrach die Stangen wie Streichhölzer. Er sah jedem einzelnen dabei in die Augen und sagte etwas, worauf sie ihm ihre Transparente überließen. Er riss die Tücher mitten entzwei und hörte auch nicht auf, als zwei Polizisten auf ihn zukamen, um ihn daran zu hindern. Er schüttelte sie ab wie lästige Fliegen und hörte nicht auf, bis alle Sprüche vernichtet waren.

Die Demonstranten wirkten verstört. Jeschua stieg auf das Dach eines Autos, machte dabei ein paar Dellen, während die Leute wie die Verrückten alles mit ihren Handys filmten, und rief: „Der Glaube ist dazu da, andere Menschen zu lieben, ganz gleich, wo sie herkommen, ihr habt daraus eine Waffe gemacht. Schämt euch!

Nutzt die Zeit lieber, um die Verlorenen zu suchen und sie mit Gottes Liebe bekannt zu machen, und überlasst es Gott, wer in den Himmel oder in die Hölle kommt. Geht nach Hause, und bittet Gott um Vergebung für eure gottlose Demonstration!"

Dann stieg er von dem Autodach, haute mit der Faust dagegen, so dass das Blech wieder seine ursprünglich Form annahm, und sagte zu mir: „Schnell weg hier. Ich habe einen Ort, wo wir ungestört sein können!" Und zog mich in einem atemberaubenden Tempo mit sich fort.

10

Wir fuhren wieder mit einem Taxi, das schließlich vor dem kleinen Hotel hielt, das Jeschua im Auge gehabt hatte. Er ging an die Rezeption, füllte alles aus, zahlte mit seiner Superkarte im Voraus und brachte mich in ein Doppelzimmer mit verschiebbarer Tür.

„Damit du ein bisschen Privatsphäre hast", meinte er lächelnd.

„Danke", nickte ich. „Ich glaube, ich muss das alles erstmal verdauen."

„Ich zieh mich auch zurück. Nachher gehen wir essen, okay?"

„Hört sich gut an", sagte ich, ging in mein Zimmer, schob die Verbindungstür zu, legte mich auf das Bett und schloss die Augen.

Mann, dachte ich, was ich heute alles erlebt habe! Zuerst die Wette mit dem Taxifahrer, dass er auf Waffen verzichtet, dann schleppt Jeschua eine Muslima an, schickt ihren Mann in die Wüste und isst bei den Verwandten, wobei er nebenbei noch die neuste Version der Bergpredigt hält, dann weigert er sich, einen Kranken zu heilen, mischt eine Demo auf, kümmert sich um die Karosserie eines Autos, und jetzt sind wir hier. Was wird heute noch alles passieren?

Aber bei einem gemütlichen Essen kann eigentlich nicht viel geschehen, überlegte ich. Er hat ja gar kein Interesse, dass die Leute ihn erkennen.

Ich rappelte mich auf, holte mein elektronisches Spielzeug und tippte ein paar Stichwörter ein, damit ich die Ereignisse dieses Tages nicht vergaß.

Danach muss ich wohl eingenickt sein, denn mein iPad hatte sich abgestellt, und es war dämmrig im Zimmer geworden.

Ziemlich klar erinnerte ich mich an einen kurzen Traum, der noch wie eine Wolke im Zimmer hing:

Ich stand auf einem Pferdewagen wie bei den römischen Wettrennen. Mir fiel sofort Ben Hur ein. Vier Pferde hatte ich zu lenken, und irgendwie konnte ich es auch halbwegs, obwohl ich keine Ahnung von Pferden habe.

Es ging in einem rasanten Tempo über eine gerade Piste. Ich hielt die Zügel relativ locker und dachte: He, wohin fährt dieser Wagen? Plötzlich tauchte vor mir eine Wand auf, ein Berg. Ich versuchte die Pferde zu stoppen, zog an den Zügeln, brüllte: „Brr! Stopp! Anhalten!“ Aber die Tiere reagierten nicht und rasten weiter auf die Bergwand zu. Plötzlich stand Jeschua neben mir auf dem antiken Rennwagen.

„Kannst du nicht die Pferde anhalten?“, rief ich verzweifelt.

„Nee, das hat jetzt keinen Sinn mehr, die Sache geht ihren Gang“, sagte er ganz ruhig.

Die Wand kam näher, ich schloss die Augen und merkte, dass sich etwas geändert hatte. Es gab keinen Krach, keinen Zusammenstoß, stattdessen rasten die Pferde die fast senkrechte Wand nach oben.

„Geht doch“, meinte Jeschua, schlug mir auf die Schulter und lachte.

Dann bin ich wohl aufgewacht.

Ich hörte ein Klopfen. „Ja?“, rief ich.

„Hunger?“

Die Schiebtür öffnete sich, und Jeschua stand in einer neuen Hose und einem neuen Hemd vor mir.

„Oh, neues Outfit“, sagte ich.

„Ja. Ich war einkaufen."

„Schön!"

Ich wusch mir mein Gesicht, sprühte Deo unter die Achseln.

„Gehen wir."

Wir waren in einer Gegend gelandet, wo es Bistros und kleine Straßenrestaurants gab. Jeschua steuerte auf eines zu und ließ sich einen Tisch für zwei zeigen. Die Bedienung, die extrem klein war und ihre Haare zu einer abenteuerlichen Hochfrisur aufgetürmt hatte, reichte uns die eingeschweißten Speisekarten. Sie sah aus wie die Frau von einem der sieben Zwerge. Gleich taucht Schneewittchen auf, dachte ich. Als sie davontrippelte, fragte ich Jeschua: „Hat so jemand wie du überhaupt Hunger?"

„Natürlich. Ich habe einen echten, funktionierenden Körper mit Verdauung und allem Drum und Dran ..."

„Also, mit ... mit Magen und Darm?", fragte ich zweifelnd.

„Alles, was man isst, muss doch verarbeitet werden", erklärte er, „wobei die irdischen Speisen und Getränke für mich wie ein Hauch sind. Davon werde ich nicht satt, ich brauche natürlich Essen für einen andersartigen Körper, mehr substantiell und massiver als die Nahrung hier."

„Schrauben und Nägel?", schlug ich vor und sagte gleich: „Das war ein Scherz."

„Ich brauche himmlische Nahrung: himmlisches Brot, Gemüse, dass auf dem Acker einer neuen Welt wächst, Blätter und Früchte von den Lebensbäumen im Paradies, Wasser aus dem Strom des Lebens, Wein von den Hängen des Paradieses."

„Fleisch?"

„Kein Fleisch. Die Tiere im Himmel sterben ja nicht und ..."

„Oh!", unterbrach ich Jeschua. „Es gibt also tatsächlich Tiere in der anderen Welt?"

„Wenn die Schöpfung dort im Original existiert, muss es ja auch Tiere geben. Aber die Tiere sind dort grundsätzlicher und realer als hier."

„Wie kann ein himmlischer Löwe noch realer sein?"

„Er existiert dort in seiner ganzen Majestät und Schönheit und hat es nicht nötig, andere Tiere zu jagen und zu reißen. Die erste Schöpfung ist dort vorbei. Er macht Jagd auf Irrtümer, Halbwahrheiten, Lügen, leidvolle Erfahrungen. Und Kinder können auf Löwen reiten und ihren Spaß haben."

„Halbwahrheiten? Irrtümer? Ich dachte, im Himmel sei alles perfekt."

„Der Himmel entwickelt sich dahin, aber die Menschen, die dort ankommen, bringen die Irrtümer und Halbwahrheiten und Lügen ja mit und verändern sich. Damit die Tränen abgewischt werden können, muss der Schmerz noch einmal zum Vorschein kommen und sich zeigen, sonst wäre ja jeder Trost sinnlos."

„Hm", sagte ich, „klingt zwar logisch, aber auch nach intensiver Arbeit."

Jeschua lachte: „Der Himmel ist kein Schlaraffenland. Das würde dich nach einiger Zeit so langweilen, dass du dich nach den alten irdischen Konflikten förmlich sehntest."

„Gut, also kein saftiges Steak im Himmel."

„Nein, aber es gibt für Leute, die nach ihrem Tod in der anderen Welt ankommen, eine Art Ersatz, sehr schmackhaft und natürlich hundertmal besser als echtes Fleisch."

Ich konnte nicht anders und musste lachen, als ich mir die vielen Menschen vorstellte, die aßen und tranken und damit ihre Verdauung anregten, und konnte es nicht lassen, weiterzufragen: „Wenn es Verdauung bei den Auferstandenen gibt, dann müsste es doch auch Toiletten geben?"

Ich stellte mir gerade luftige Toilettenhäuschen im Himmel vor, jedes auf einer braunen Wolke.

Jeschua grinste. „Nein, nein, keine Toiletten. Die Verdauung eines vollkommenen Körpers ist anders organisiert. Es wird alles verdaut. Der Himmel produziert ja keine neuen organischen Abfälle. Nach einem guten Essen verströmt der Körper einen angenehmen Geruch. Es gibt keine Magenschmerzen oder Verdauungsprobleme, die mit dem Essen zusammenhängen. Man spürt natürlich in seinem Körper schon, wenn etwas nicht in Ordnung ist, aber das sind geistige Probleme, die nicht verdaut worden sind. Bilder und Erlebnisse von der Erde, die verarbeitet werden müssen ..."

„Eine Art Therapie?"

„Oh ja. Du kannst auf Dauer nicht glücklich werden, wenn du mit ungelösten Problemen herumläufst. Verdrängung funktioniert im Himmel nicht."

„Ach so, ja. Kein Schlaraffenland."

Jeschua nickte: „Richtig. Auch keine Zauberei, nach dem Motto: Eins, zwei, drei, und alles ist vorbei. Es ist doch auf Dauer viel würdevoller und schöner, wenn du dich mit Gottes Hilfe allmählich veränderst und du selbst bleibst, wenn du ..."

„Haben Sie schon gewählt?", fragte die Bedienung, die von mir unbemerkt an den Tisch getreten war.

„Was empfehlen Sie denn?", fragte ich.

„Das Lamm mit grünen Bohnen und Westernchips."

„Das nehmen wir", sagte Jeschua, „und für mich ein Glas Wasser."

„Ich nehme Apfelsaft."

„Danke." Sie verschwand, warf uns aber im Weggehen einen merkwürdigen Blick zu.

„Wo waren wir stehengeblieben?", überlegte ich.

„Der Himmel ist kein Zauberland."

„Richtig. Jedenfalls dachte ich immer, man stirbt, wacht im Himmel auf, und alles ist vollkommen."

„Wie gesagt, das wäre furchtbar", sagte Jeschua sehr ernst.

„Warum eigentlich?"

„Weil du dann nicht mehr du selbst wärst. Du musst in die vollkommenere Welt allmählich hineinwachsen, sonst verlierst du deine Identität. Wenn du plötzlich vollkommen wärst, wärst du ein anderer."

„Vielleicht will ich ja ein anderer sein?"

„Aber ohne deinen irdischen Zusammenhang, deine Vergangenheit, wärst du völlig orientierungslos. Das Wachsen und Reifen geht weiter. Und ich sage dir, es ist wunderbar zu sehen, wie du allmählich weiser und glücklicher wirst, wie du die verschlungenen Verwicklungen deines Lebens auf der Erde langsam begreifst und wie du anfängst zu verstehen, warum manches so gekommen ist."

Darüber musste ich erst mal in Ruhe nachdenken. Eine Weile blieb es still zwischen uns.

„Was kommt als nächstes heute noch dran?", fragte ich.

Jeschua zuckte die Schultern. „Ich lebe hier von der inneren Eingebung und teile im Augenblick nicht die Allwissenheit Gottes. Daran muss ich mich erst wieder gewöhnen. Ich bin sein äußeres Erscheinungsbild und spüre seine Impulse aus der Tiefe meiner Person."

Ich trank von meinem Apfelsaft, der inzwischen gekommen war.

„Aber ich weiß, wie wichtig es war, was heute passiert ist", fuhr Jeschua fort, „die Begegnungen und Gespräche an diesem Tag sind von langer Hand vorbereitet worden und werden ungeahnte Auswirkungen haben, so, wie der Flügelschlag eines

Schmetterlings Wetterkonstellationen beeinflussen kann oder wie ein ..."

Jeschua wurde unterbrochen, weil die Zwergin mit unserem Essen kam.

„Lamm, grüne Bohnen und Westernchips."

Die Bedienung stellte das Essen vor uns hin, wechselte mit Jeschua einen Blick, der ihn freundlich erwiderte, und vergaß danach zu gehen. Sie blieb wie angewurzelt stehen.

„Wollen Sie warten, bis wir probiert haben?", fragte ich.

„Ich? Nein, nein." Sie schien verwirrt und ging zögernd zur Theke zurück.

„Flirtest du mit Frauen?", fragte ich den Auferstandenen.

„Wieso? Ich habe nur ihren Blick erwidert."

„Sie scheint sich Hoffnungen zu machen."

„Dass Menschen wieder Hoffnung bekommen, ist meine Mission."

„Aber doch nicht diese Hoffnung!"

„Warum denn nicht? Sie fühlte sich auf jeden Fall aufgewertet. Sie hat es bitter nötig, denn zu Hause wird sie wie der letzte Dreck behandelt. Überall macht man sich über sie lustig, besonders über ihre Frisur."

Das konnte ich mir gut vorstellen. Ich selbst war ja auch nicht weit davon entfernt gewesen, etwas Abfälliges über sie zu sagen. Inzwischen starrte sie immer wieder zu uns herüber und lächelte leicht verschämt.

Ich aß ein paar Bissen und nahm den Faden von vorhin wieder auf.

„Hm", meinte ich kauend. „Du flirtest mit ihr und lässt sie dann hoffnungslos zurück, denn wir ziehen ja weiter."

Jeschua schüttelte den Kopf. „Nein, so läuft das nicht."

Er wischte sich nicht über den Mund, denn die irdischen

Krümel und Fettspuren fanden keinen Halt an dem Mund eines Auferstandenen. Er stand auf, ging zu der Zwergin hin und redete mit ihr. Ich sah, wie sie rot wurde und sich zu ihm an einen freien Tisch setzte.

Nachdem sie auch ein paar Sätze gesagt hatte, legte er eine Hand auf ihre Schulter, und es sah so aus, als ob er sie segnete, dann erhob er sich, legte ein paar Geldscheine hin und kam wieder zu mir herüber.

Die kleine Bedienung blieb noch wie betäubt ein paar Sekunden sitzen und schaute durch die Wand hindurch, während wir das Lokal verließen.

11

Wir fuhren diesmal nicht mit dem Taxi oder einem Bus, sondern gingen zu Fuß weiter.

„Tut mir leid, dass ich neugierig bin", sagte ich. „Aber mich würde brennend interessieren, was du zu ihr gesagt hast."

„Das kann ich mir vorstellen", antwortete Jeschua. „Aber es gibt auch persönliche Geheimnisse. Du musst nicht alles wissen, nur so viel: Wir haben über Noras Grundproblem gesprochen, und ich habe ihr Mut gemacht, ihr Leben zu leben, weil sie ein wertvolles und wunderbares Geschöpf Gottes ist."

„Sie heißt also Nora. Und was für ein Grundproblem?", fragte ich.

„Ihr Grundproblem ist zunächst ihre Kleinwüchsigkeit, aber wir haben auch über ihre grundsätzlichen Neigungen gesprochen."

„Grundsätzliche Neigungen? Was soll das sein?"

„Jeder Mensch hat eine spezifische Neigung, eine Art Grundliebe, die wie eine Unterströmung sein Leben durchzieht und viele seiner Handlungen unbewusst bestimmt. Die einen lieben es, Besitz zu haben oder Macht auszuüben, andere lieben die Ruhe oder die Hilfsbereitschaft oder etwas zu erforschen oder kreativ zu sein, andere sind wie Schmetterlinge, die von Blüte zu Blüte flattern oder sie sind treue Anhänger einer Gemeinschaft oder einer Sache. Es gibt Tausende von Spielarten dieser Neigungen, und du kommst bei einem Menschen nur dann in die Tiefe, wenn du diese Neigung erkennst und verstehst. Aber es ist natürlich nicht einfach ..."

„Und meine Grundneigung?", fragte ich.

„Das wäre mal ein weiterer Arbeitsauftrag für dich", meinte Jeschua und fuhr fort: „Für viele ist diese Erkenntnis sehr ernüchternd. Und manche wollen sie nicht wahrhaben. Aber ohne Selbsterkenntnis gibt es kein inneres Wachstum. Manche Grundneigungen haben sich im Laufes des Lebens zu etwas Lebensfeindlichem entwickelt: Die Lust zu stehlen, die Lust am Töten. Aber es sind fehlgeleitete Neigungen, die nur schwer geändert werden können. Ein lebenslanger Kampf. Ohne den Heiligen Geist fast unmöglich ... Jedenfalls, Nora hat einen starken Impuls bekommen, wer sie ist und wer sie nicht ist."

Meine Güte, dachte ich, wir geraten bei den harmlosesten Sachen immer in tiefe Gewässer.

Ich weiß nicht mehr, wie lange wir gegangen waren, aber wir kamen erst sehr spät bei unserem kleinen Hotel an.

„Frühstück um halb neun Uhr", sagte Jeschua, legte mir die Hand auf die Schulter und sprach ein Segensgebet.

Der Mann an der Rezeption blickte leicht verwirrt zu uns herüber.

In meinem Teil des Zimmers zog ich mich in Sekundenschnelle aus, putzte mir halb im Schlaf die Zähne und sank ins Bett.

Gegen vier Uhr wurde ich wach und konnte danach nicht gleich wieder einschlafen. Leise stand ich auf, ging ans Fenster und zog den schweren Vorhang zur Seite. Vor dem Hotel stand eine Straßenlaterne, die ein gelbliches Licht auf den Gehweg warf, ein Auto fuhr lautlos vorbei. Offensichtlich waren die Fenster gut isoliert.

Ich rechnete aus, wie viel Uhr es jetzt in Deutschland war: sechs Stunden später, also zehn Uhr vormittags. Mittwochs hatte meine Frau immer einen freien Tag. Ich könnte mit ihr skypen. Das Hotel hatte WLAN.

Die Verbindung war erstaunlich gut. Charlotte war sofort am Monitor.

„He! Ist es bei euch jetzt nicht mitten in der Nacht?", fragte sie.

„Ja, kurz nach vier. Ich bin wach geworden und dachte, ich melde mich mal."

„Und was macht Jeschua?"

„Ich denke, er schläft."

„Er schläft?"

„Jedenfalls höre ich kein Geräusch."

„Muss denn so jemand überhaupt schlafen?"

„Ja, du hast recht. Gestern hat er mir erklärt, dass er keinen Schlaf braucht, obwohl manche Engel und Menschen im Himmel tatsächlich schlafen, wenn sie es wollen, meinte er."

„Da bin ich ja erleichtert. Ich finde schlafen sehr schön. Ein Leben ohne Schlafen würde mir nicht gefallen."

„Ja, ich schließe mich an. Ich schlafe auch gern mit dir."

„Ha, ha! Aber wenn er nicht schläft, was macht er dann?"

„Keine Ahnung. Wahrscheinlich ist er mit dem Universum verbunden."

„Wahnsinn! Und ausgerechnet wir begleiten ihn."

„Na ja", sagte ich mit einem Grinsen im Gesicht. „Eigentlich wurde ich ja auserwählt, und du hängst halt mit drin."

„Dein Grinsen kannst du dir sparen. Er hat mit mir auch einiges besprochen, von dem du nichts weißt. Jedenfalls – so viel kann ich verraten: Wir sind beide ausdrücklich von ihm auserwählt worden. Warum weiß ich allerdings auch nicht."

„Interessant."

„Tja, da bist du platt, was?"

In die Pause hinein, fragte Charlotte: „Und? Habt ihr viel erlebt?“

Ich lachte. „Das kann man wohl sagen!“ Ich gab Charlotte eine Zusammenfassung unserer Erlebnisse.

„Ungewöhnlich“, meinte sie.

„Ja, mir scheint, dass er ganz normale Leute bevorzugt, die auf den ersten Blick unbedeutend wirken.“

„Alles klar. Jetzt weiß ich auch sein Auswahlkriterium, was uns betrifft.“

„Ach so, du meinst: Wir sind eben ganz normale Leute, die auf den ersten Blick ...“

„ ... unbedeutend sind.“

„Hm. Klingt irgendwie ernüchternd.“

„Übrigens, gestern gab es in Deutschland wieder mal einen Anschlag!“

„Wo denn? Ich habe tagsüber keine Nachrichten gehört, habe gar nichts mitbekommen.“

„In Düsseldorf in der Fußgängerzone hat sich jemand in einem Kaufhaus in die Luft gesprengt. Der IS behauptet, das gehe auf sein Konto. Dreißig Tote.“

„Dreißig?“ Ich war fassungslos. „Und ist die IS-Teilnahme bestätigt worden?“

„Noch nicht hundertprozentig. Es gibt Kommentare von angeblichen Experten, die behaupten, dass sich der IS immer zu schnell zu Wort meldet. Je mehr Attentate sie angeblich für sich verbuchen, desto mehr Angst können sie verbreiten.“

„Hm“, überlegte ich. „Mach ein Attentat, der IS wird automatisch verdächtigt, und du bist aus dem Schneider.“

„So ungefähr.“

„Oliver, hast du schon irgendwelche Auswirkungen von deiner Generalbeichte gespürt?“

Ich überlegte. „Kurz danach eine große Erleichterung, eine Art Frischegefühl, mehr Energie.“

„Bei mir auch. Aber darüber hinaus merke ich, dass ich besonnener bin, nicht gleich hektisch werde, wenn etwas nicht klappt.“

„Muss ich mal bei mir beobachten.“ Ich gähnte. „Ich werde wieder müde.“

„Dann machen wir mal Schluss.“

Ich beendete das Gespräch, schloss den Vorhang, schlüpfte unter die Decke und wollte wieder schlafen, aber irgendwo war es noch hell. Ich richtete mich auf. Unter der Tür von Jeschuas Zimmer fiel ein Streifen Licht auf den Teppichboden.

„Wahrscheinlich liest er oder sieht fern, um sich zu informieren“, murmelte ich, bis mir einfiel, dass sich Jeschua nicht wirklich informieren musste, um Bescheid zu wissen, was in der Welt passierte. Schließlich war er mit Gott verbunden, oder er war im Grunde selbst Gott. Wie sagte er noch? Er sei Gottes menschlicher Aspekt oder so ähnlich, seine äußere Erscheinung. Auf der anderen Seite schien er, während er hier war, nicht allwissend zu sein. Und was sollte Jeschua mit einem Buch anfangen?

Ich stand auf, hellwach und neugierig, und schlich mich zur Tür. Zuerst legte ich mein Ohr an das Holz, aber ich hörte nichts. Dann bückte ich mich und schaute durch das Schlüsselloch. Was ich sah, haute mich förmlich um.

Er saß in entspannter Haltung in einem Sessel und war mit Licht übergossen, oder vielleicht kam es auch aus seinem Inneren. Es floss von seinen Haaren wie weißes Öl herab und verschwand im Fußboden. Aber was mich noch mehr erstaunte, das waren leuchtende Gestalten, die neben ihm standen und hin und her gingen. Ich konnte nur ihre Füße sehen. Sie schienen helle Anzüge zu tragen. Ich sah einen Teil eines Jacketts. Einer – oder war es eine? – lief mit einem langen Gewand herum und reichte ihm einen Teller, von dem Jeschua etwas aß, ein anderer gab ihm einen Becher, aus dem er trank.

Wie hatte er noch bei dem Lamm und den grünen Bohnen vorhin gesagt? Unser irdisches Essen wäre für ihn wie ein Hauch. Waren diese Typen um ihn herum vielleicht Engel? Ich sah aber keine Flügel.

Ich spürte, wie mein Herz schneller schlug, denn die Wand seines Zimmers hinter ihm war verschwunden, und ich konnte sehr weit blicken. Berge waren zu sehen. Ein See glitzerte in der Ferne. Leute gingen auf einem Weg.

Ich merkte, dass ich allmählich Rückenschmerzen vom Bücken bekam, richtete mich auf und atmete durch. Mein Körper war schweißnass.

Langsam schlich ich zu meinem Bett zurück.

Was war das gewesen?

Der Himmel im Hotel? Das Zimmer der Verklärung? Ich würde ihn morgen danach fragen müssen.

Allmählich beruhigte sich mein Herzschlag. Sollte ich mich duschen?

Nein, das war mir zu viel Aufwand, denn plötzlich überkam mich eine bleierne Müdigkeit, als ob ich einen halben Liter Wein getrunken hätte.

Ich drehte mich auf die Seite und schlief ein.

12

Uta, Ansgars Tochter, fuhr sich über die Augen und starrte ihren Vater und Frida an.

„Du willst wirklich noch länger bei Opa bleiben?"

„Ja!", nickte Frida. „Das hat nichts mit dir oder euch zu tun. Ich hab mich nur gerade eingewöhnt und ... und der Weg zur Schule ist ja auch kürzer. Opa hat nichts dagegen, ja und ... Papa und du, ihr könntet mal was unternehmen!"

„Ach, sieh mal an", meinte ihre Mutter, „ist ja direkt rührend, dass du dich um unser Wohl sorgst."

Sie wandte sich an ihren Vater. „Ist das wirklich okay, wenn Frida noch bleibt?"

„Klar. Und ich werde auch darauf achten, dass sie ihre Hausaufgaben macht", versicherte er ihr.

Mit einem zweifelnden Blick schaute Uta ihren Vater und ihre Tochter abwechselnd an. „Warum habe ich den Eindruck, dass ihr irgendwas im Schilde führt?"

„Eindrücke sind nicht alles", meinte Frida achselzuckend.

Als Uta gegangen war, sahen sich Opa und Enkelin an.

„Ich habe schon einen Plan, wie wir bei diesem komischen Haus weiter vorgehen können", sagte Frida.

„Das habe ich befürchtet!", meinte Ansgar und kratzte sich am Kopf. „Ich bereue es schon fast, dass ich dir von meinen Beobachtungen erzählt habe. Auf keinen Fall will ich, dass du dich ..."

Frida legte ihre Hand beruhigend auf Ansgars Schulter. „Keine Angst, Opa. Ich bin kein Baby mehr. In diesem Haus gegenüber ist irgendetwas faul. Und meine Idee besteht darin, dass ich den schwarzen Volvo mit dem Rad verfolge und sehe, wo er hinfährt."

„Der kann dich doch jederzeit abhängen."

„Aber nur, wenn er merkt, dass er verfolgt wird. Es gibt hier genügend Ampeln ..."

„Und wenn er auf die Autobahn fährt?"

„Dann hab ich halt Pech gehabt, und wir müssen die Verfolgung später gemeinsam mit deinem Wagen aufnehmen."

„Hast du vergessen, dass du morgens zur Schule musst?"

„Ich sage, dass ich verschlafen habe ..."

„Und das bleibt dann wieder an mir hängen, wenn deine Mutter davon erfährt!"

„Hör mal, Opa, meine Mutter ist deine Tochter. Du hast doch wohl keine Angst vor deiner eigenen Tochter, oder?"

Ansgar brummte irgendetwas vor sich hin und sagte dann: „Wir machen es so, dass wir morgen früh gemeinsam mit dem Auto die Verfolgung aufnehmen, danach bringe ich dich zur Schule."

„Super!", rief Frida und tanzte durch die Küche. „Was meinst du, wohin die mit den Mädchen fahren?"

„Hm. Wenn es echte Mädchen sind, müssen die ja auch zur Schule, in irgendeine andere."

„Nur, wenn sie hier in Deutschland offiziell gemeldet sind", überlegte Frida.

„Stimmt. Na, ich bin gespannt. Auf jeden Fall fahre ich das Auto schon mal aus der Garage, damit wir morgen früh gleich starten können."

Am nächsten Morgen klingelte der Wecker um halb sieben, aber Frida war schon aufgestanden und deckte gerade den Frühstückstisch, als Ansgar nach einer Katzenwäsche die Küche betrat. Draußen regnete es, und ein grauer Himmel lag über den Hausdächern.

„Guten Morgen, Frida. Du machst schon Frühstück?"

„Warum nicht? Kommen die Messer links oder rechts vom Teller?"

„Zwischen Becher und Teller."

„Kaffee habe ich nicht gemacht."

„Ich trinke mal heute einen Pulverkaffee", murmelte Ansgar und stellte den Wasserkocher an.

„Übrigens", sagte er und warf einen Blick durch das Fenster, „gut, dass wir mit dem Auto unterwegs sind. Bei dem Regen wärst du klitschnass bei der Schule angekommen."

„Ja, die Idee mit dem Auto war gut."

Verschlafen setzten sie sich. Ansgar sprach sein übliches Tischgebet, dann aßen sie schweigend. Flüchtig blätterte er durch die Zeitung und blickte zwischendurch auf die Uhr.

„Wir sind viel zu früh dran. Der schwarze Volvo kommt immer um halb acht."

„Ja, aber wir müssen schon zehn Minuten früher nach unten und im Auto sitzen."

„Stimmt."

Endlich war es so weit. Um 7.15 Uhr verließen die beiden die Wohnung und gingen zügig zu Ansgars parkendem Wagen. Es lohnte sich nicht, den Schirm aufzuspannen. So leise wie möglich machten sie die Türen zu und warteten.

Ansgar wagte nicht, den Scheibenwischer anzustellen, um nicht aufzufallen.

Die Minuten dehnten sich wie Kaugummi. Endlich ein Motorengeräusch. Der schwarze Volvo bog um die Ecke und hielt vor dem Haus.

Sofort ging die Haustür auf, und zwei blonde Mädchen in Regenjacken, in der Hand ihre Schultaschen, stiegen hinten ein und machten die Türen zu.

Ansgar startete sein Auto.

Der Volvo fuhr an.

Aber die beiden Verfolger warteten ein paar Augenblicke, bis der Wagen vor ihnen ein Stück gefahren war. Dann nahmen sie die Verfolgung auf.

Zum Glück schaltete die Ampel rechtzeitig auf Rot, sodass der Volvo stehen blieb. Dann fuhr er weiter auf die Bundesstraße, und es sah so aus, als ob er die Stadt verlassen wollte.

Ansgar bemühte sich, den Wagen nicht zu verlieren.

„Sie fahren zur Autobahnauffahrt!", rief Frida.

Aber kurz vorher bogen sie in eine schmale Straße ab.

„Was sollen wir machen?", überlegte Ansgar laut. „Wenn wir jetzt hinter ihnen herfahren, dann fällt es auf."

„Ja", nickte Frida. „Am besten, du fährst erstmal vorbei und wir halten am Straßenrand und warten."

„Gute Idee."

Ansgar drehte, parkte den Wagen auf einem Parkstreifen ein paar Meter entfernt und stellte den Motor aus.

Angestrengt blickten beide in die Mündung der schmalen Seitenstraße.

Zehn Minuten später sahen sie den Kühler des Volvos, der an der Kreuzung in eine andere Richtung abbog.

„Los!", befahl Frida, „jetzt fahren wir da rein."

„Du hast einen ganz schönen Befehlston drauf", meinte Ansgar und startete.

Frida reagierte nicht und blickte gespannt durch die Windschutzscheibe.

Am Anfang waren noch zwei, drei Häuser zu sehen. Dann verwandelte sich die Straße in einen asphaltierten Weg ohne Mittelstreifen.

Ansgar sagte: „Wir fahren noch ein Stück, denn der Volvo ist erst nach zehn Minuten aufgetaucht."

„Richtig."

Sie kamen jetzt an langen Feldern vorbei. Ab und zu spritzte eine Fontäne auf, wenn sie durch eine Pfütze fuhren.

Weit und breit war kein Haus mehr zu sehen.

Ansgar schaltete zurück. „Und jetzt?"

„Hier ist nichts mehr", meinte Frida. „Vielleicht waren es doch die Häuser am Anfang der Straße, und der Fahrer hat Kaffee getrunken, bevor er zurückgefahren ist."

„Ich suche jetzt eine Stelle zum Wenden", sagte Ansgar.

Als er langsam weiterfuhr, kreuzte ein Schotterweg die Straße.

Er bog ab, um dann rückwärts zu wenden, aber Frida schrie: „Halt! Da hinten ist ein Haus."

Tatsächlich schimmerte etwas Weißes durch die Bäume.

Ansgar hielt an und überlegte laut: „Hm. Sollen wir wirklich da hinfahren? Es müsste so aussehen, als ob wir zufällig vorbeikommen ..."

„Ich weiß etwas", sagt Frida, „wir fahren heute Nachmittag wieder dorthin, parken das Auto an der Hauptstraße, tun so, als ob wir eine kleine Wanderung machen und kommen dann ‚zufällig' an dem Haus vorbei, sind neugierig und fragen."

„Ja, das ist gut", nickte Ansgar, „dann fahr ich dich jetzt zur Schule, und du kommst nur zehn Minuten zu spät."

Als sie wieder den schmalen Weg zurückfuhren und an den Häusern vor der Kreuzung vorbeikamen, trat gerade eine Mutter mit einem Jungen aus der Haustür.

Ansgar hielt an, ließ die Scheibe herunter und sagte: „Entschuldigen Sie ..."

Die Mutter kam näher. „Ja?"

„Wir kommen gerade aus dem Wald und haben da ein Haus von Weitem gesehen. Was ist denn das? Wohnt da jemand?"

Die Mutter winkte ab. „Ach das! Das ist so eine Art Forschungsstation. Da werden irgendwelche Werte im Wald gemessen, und jeden Tag fahren Autos hier entlang oder kommen da her. Außerdem gibt es dort so eine Schule für Kinder mit viel Grips."

„Ach so, danke." Ansgar fuhr weiter.

„Gut gemacht, Opa", lobte seine Enkelin.

„Und jetzt zur Schule!"

„Wenn es unbedingt sein muss."

13

Ich fuhr aus dem Schlaf, weil mich ein Geräusch geweckt hatte. Immer noch waren wir in New York. Und mir fiel ein, dass ich nachts Jeschua beobachtet hatte, wie er in Licht getaucht war und von irgendwelchen Leuten bedient wurde. Vielleicht doch nur ein Traum. Das Geräusch wurde lauter, ein Pochen, das einfach nicht aufhörte. Ich öffnete die Augen und sah, wie die Verbindungstür aufging. Jeschua stand angezogen da und sagte: „Ich dachte, ich weck dich mal!"

„Wie viel Uhr ist es denn?"

„Acht."

„Okay, ich steh auf. Wir sehen uns unten im Frühstücksraum!"

Jeschua verschwand in seinem Zimmer, ich lag noch ein paar Minuten im Bett, fühlte mich erfrischt und erholt. Dann stand ich auf und duschte mich. Aber die ganze Zeit sah ich die Szene von gestern Nacht in meinem Kopf. Wie eingebrannt.

Um halb neun betrat ich den Speiseraum, sah Jeschua etwas abseits an einem Fenster sitzen und einen Kaffee trinken. Brötchen und Obst lagen auf seinem Teller.

„Morgen", sagte ich und fügte gleich hinzu: „Für dich: ein Hauch von Frühstück, was?"

„Ein guter Hauch", nickte Jeschua.

Ich ging los und holte mir Müsli und Joghurt. Das ist für mich immer ein guter Einstieg in den Tag. Leider waren alle Portionen abgepackt. Was für eine Verschwendung von Verpackungen!

Als ich schließlich neben Jeschua saß, sagte ich: „Klar, wenn man nachts himmlische Nahrung zu sich nimmt, hat man morgens kaum Hunger. Oder war das nur ein Traum?“

Jesus lächelte. „Es war kein Traum. Ich habe gemerkt, dass du mich beobachtet hast. Keine feine Art, seine Freunde durch das Schlüsselloch zu überwachen.“

„Sorry. Ich konnte nicht schlafen, hab mit meiner Frau geskypt und sah Licht aus deinem Zimmer, und da hab ich ...“

„Schon gut.“

„Waren das ... Engel?“

„Ja, natürlich. Engel sind übrigens nichts Besonderes. Sie sind die Bewohner der anderen Welt. Du wirst auch einmal zu einem Engel werden ...“

„... und hohe Würdenträger bedienen?“

„Jeder hat seine Arbeit.“

„Es wird im Himmel gearbeitet?“

„Das Thema hatten wir doch schon. Es scheint dich irgendwie zu schockieren. Willst du vielleicht eine Ewigkeit lang ununterbrochen Feste feiern? Glaube mir, nach zwei Wochen feiern sehnst du dich nach einer soliden, guten Arbeit. Feste feiern, selbst vollkommene Feste feiern, macht nur Sinn als Gegensatz zur Arbeit.“

„Und was arbeitet man denn so im Himmel?“

„Schwierig zu beantworten. Was würdest du sagen, wenn ich dich frage: Was arbeitet man denn so auf der Erde?“

„Na – alles erdenklich Mögliche.“

„Da hast du die Antwort. Es gibt Künstler. Das himmlische Material ist wunderbar zu bearbeiten. Es gibt Musiker, Handwerker, Dichter, Verwaltungsarbeit, Sport, vielfältige Dienste an Menschen ...“

„Du meinst Schutzengel?“

„Zum Beispiel. Aber es gibt natürlich auch Therapeuten, Erzieher...“

„Erzieher?"

„Für die Kindergärten. Was meinst du, wie viele Kinder jeden Tag sterben? Sie müssen betreut werden und heranreifen. Es gibt eben Milliarden verschiedener Berufe, nur keine Putzhilfen oder Müllmänner."

„Hm, tolle Vorstellung, dass nichts dreckig wird und es keinen Abfall gibt." Ich riss meine Müslipackung auf und schüttete den Inhalt in ein Schälchen mit Joghurt. „Wie macht man das, dass es in einer Welt keinen Abfall gibt?"

Jesus überlegte kurz, dann sagte er: „Du hast das Prinzip der anderen Schöpfung noch nicht kapiert: Die äußeren Dinge, wie Natur, Pflanzen, Landschaften, Tiere, das alles ist deine Innenwelt, die sich in diese Gestalten formt. Und sie sind ganz handgreiflich, zum Anfassen, auch für andere. Und da im Himmel die Liebe herrscht und es eine wohltuende Ordnung gibt, entwickeln sich weder Staub noch Abfälle. Die Hölle dagegen ist mit Schmutz, Gestank und Abfall überfüllt. Eine wahre Müllhalde, die ständig vor sich hinbrennt ..."

„Aber du hast doch gesagt, jeder bringt auch die Dinge in den Himmel mit, die noch nicht ausgereift sind, damit sie geheilt werden, also muss auch noch eine gewisse Unordnung vorhanden sein."

„Gut aufgepasst, Oliver. Aber das äußert sich nicht als Schmutz oder Abfall, sondern als weniger schön. Jeder lebt dort in der Landschaft, die seinem Inneren entspricht."

„Apropos Hölle", fuhr ich fort, nachdem ich einen Löffel vom Müsli gegessen hatte. „Es gibt sie also doch, oder?"

„Natürlich: Wo sollen all die armen Menschen hin, die Gott abgelehnt haben und deren Lust es ist, böse zu sein? Das kann man nicht so schnell ablegen. Die Hölle ist der einzige Ort, wo Gottes Gegenwart gebremst ist und nicht so offensichtlich erscheint. Für solche Leute ist dann das Leben halbwegs ertragbar, aber sie leiden darunter, ohne es zu wissen, weil sie die andere Seite nicht kennen."

„Und kein Entkommen? Kein Ende?"

„Sie selbst wollen das Ende dieses tristen Lebens nicht und würden sich sträuben, wenn man sie mit Gewalt in den Himmel versetzte."

„Trostlose Aussichten", meinte ich und trank einen Schluck lauwarmen Kaffee.

„Trotzdem gibt es Hoffnung", meinte Jeschua. „Meine Erlösung reicht tief. Aber mehr werde ich dazu nicht sagen, sonst denken alle, es sei nicht so schlimm, wenn man Gott, die Quelle des Lebens, ablehnt."

Ich spürte, dass er an dieser Stelle nicht weiterreden wollte und fragte: „Und was steht heute an?"

„Wir treffen den Taxifahrer von gestern wieder und werden sehen, ob er es geschafft hat, einen Tag und eine Nacht ohne Waffen zu sein."

„Und woher willst du das wissen, wenn du die Allwissenheit für eine Zeit lang abgelegt hast?"

Jeschua grinste: „Ich habe Kontakt zu seinem Schutzengel."

Ich goss frischen Kaffee nach, trank einen Schluck und merkte, wie sich in mir eine farbige Welt voller Energie und Schaffensfreude auftat, wenn ich an den Himmel dachte. Der Himmel: ein intensiver Ort der kreativen Arbeit und der herrlichen Feste. Allmählich bekam ich fast Lust zu sterben. Ich löffelte mein Müsli weiter, das für meinen Geschmack viel zu süß war, und fragte: „Diese Bergwelt gestern Nacht mitten im Zimmer – was war das?"

„Ein Teil des Himmels. Wenn du so willst: meine Innenwelt."

„Der Himmel in einem New Yorker Hotel?"

„Der Himmel ist überall um dich herum. ‚Von allen Seiten umgibst du mich. Ob ich gehe oder liege, so bist du um mich ...' Kommt dir der Satz bekannt vor?"

„Ein Psalm?"

„Richtig. Für dich ist mein Himmel heute Nacht nur kurz sichtbar geworden."

„Für mich?"

„Ja. Jemand anderes hätte mich nur gesehen, wie ich im Sessel sitze und mit meinem Händen unsichtbare Speisen zu mir nehme. Als du durch das Schlüsselloch geschaut hast, waren deine seelischen oder himmlischen Augen geöffnet."

Die Unterhaltung wurde immer bizarrer. „Ich habe seelische Augen?"

„In jedem Menschen sind sie angelegt, und ab und zu mal werden sie geöffnet. Dein himmlischer Körper reift während deines Lebens in dir heran. Immer, wenn Menschen Engel sehen, werden diese Augen geöffnet. Kennst du die Geschichte von Elisa und seinem Diener?"

„Nein."

„Solltest du mal nachlesen. Elisas Diener ist etwas ängstlich, und Elisa betet: ‚Herr, öffne ihm die Augen.' Und der Diener sieht für einen kurzen Augenblick, wie die ganze Landschaft voller Engel ist."

Ich blickte mich um und flüsterte: „Auch hier? Im Frühstücksraum?"

Jeschua sagte nichts und sah an mir vorbei. Ich drehte mich um und erblickte einen riesigen Mann hinter mir, und plötzlich war der Raum voll mit leuchtenden Gestalten, dann verschwanden sie wieder, so ähnlich wie die Versammlung der Seelen neulich bei mir zu Hause.

Ich sah Jeschua an: „Meine Güte, das ist ja wie in dem Film *Himmel über Berlin*, wo die Typen überall in der Bibliothek herumstehen."

„Tja, Wim Wenders kannte sich aus."

14

Wir fuhren mit dem Taxi zum Flughafen, um gegen elf Uhr den Taxistand zu erreichen. Ich war gespannt, ob Ken tatsächlich da war. Seltsamerweise fing Jeschua mit diesem anderen Taxifahrer kein Gespräch an. Er saß hinten und schien ein wenig zu dösen, jedenfalls hatte er die Augen geschlossen.

Eine Taxischlange hatte sich vor dem Ausgang gebildet. Jeschua bezahlte, und wir stiegen aus und musterten die Taxifahrer. Einige weiter hinten schliefen, andere lasen Zeitung.

„Das ist er", sagte Jeschua plötzlich und deutete auf ein Taxi, das fast am Ende der Schlange stand.

Wir gingen näher, und ich erkannte den Schädel von Ken. Jetzt hatte er uns auch gesehen, schob sich aus seinem Sitz und kam auf Jeschua zu.

Er haute ihm auf die Schulter, war kurz überrascht, wahrscheinlich von der Wärme seines Körpers, und schien wirklich erfreut zu sein, den himmlischen Gast wiederzusehen.

„Hi, Josh", sagte er. „Schön, dich wiederzusehen!"

„Ganz meinerseits", antwortete Jeschua und fragte gleich: „Na, wie war's?"

„Lass uns zu einem Parkplatz fahren", sagte Ken, „dann können wir uns in Ruhe unterhalten."

Wir stiegen ein, und er kutschierte uns zu einem Parkplatz in der Nähe.

Als er den Motor ausschaltete, seufzte er und sagte: „Mann, Mann, Mann, das war ein Tag gestern! Sowas hab ich noch nicht erlebt!"

„Erzähl!"

„Ich hab, kurz nach unserem Gespräch, meine Waffen in eine Plastiktüte gepackt und sie in ein Schließfach getan. Und dann bin ich mit einem mulmigen Gefühl in die Warteschlange der Taxis gefahren und habe gedacht: Hoffentlich kommen ein paar nette Typen, und ich habe keine Probleme mit ihnen. Schließlich geht es um fünfhundert Mäuse.

Der erste Fahrgast sah überhaupt nicht nett aus, ein massiger Schlägertyp, der tierisch nach Schweiß roch.

Naja, für solche Fälle habe ich ein Spray bei mir. Ich sprühte unauffällig, damit er es nicht merkte, und fuhr los, nachdem er mir die Adresse genannt hatte.

‚Was hast du da eben gemacht?', fragt er mich plötzlich.

Ich – ganz überrascht – sage: ‚Nichts. Ich habe den Wagen gestartet.'

Er: ‚Nein davor. Da war so ein komisches Geräusch.'

‚Ach so', sage ich und versuche möglichst gelangweilt zu klingen. ‚Ich hab meine Tür eingeölt mit einem Spray, die hat schon den ganzen Tag gequietscht.'

Plötzlich beugt sich der Typ über mich, greift in das Türfach und angelt sich das Spray.

Ich: ‚He! Bist du verrückt? Du kannst dich doch mitten im Fahren nicht so hinüberbeugen!'

Er sagt nichts und hält triumphierend die Spraydose hoch: ‚Das ist ein Raumspray, Mann. Du hast gesprüht, weil ich stinke, stimmt's?'

Ich merke, dass es keinen Zweck hat, es abzustreiten und gebe es zu.

‚Ganz schön unhöflich von dir!' Die Stimme von dem Dicken klingt bedrohlich, und ich denke: Ken! Es wird gefährlich! Gegen diese Masse Fleisch hast du keine Chance. Mist, warum hast du deine Waffen weggeschlossen? Nur weil so ein Weichei dich bequatscht hat. Jetzt bist du geliefert!'"

Jeschua unterbrach unseren Taxifahrer und sagte: „Wenn du deine Waffen da gehabt hättest, dann wäre wahrscheinlich deine Hand langsam zu dem Türfach geglitten ... stimmt's?"

„Worauf du einen ... Genau. Aber die Waffen waren nun mal nicht da. Und ich hab fieberhaft überlegt, wie ich den Kerl beruhigen kann, denn allmählich redete er sich in Rage. Überall sei es das Gleiche. Egal, wo er hinkäme, würden die Leute sich zur Seite drehen. Er könnte ja nichts dafür. Selbst wenn er dusche und sich in einen Deonebel hülle, dränge sein starker Schweißgeruch durch ...

Seine Stimme wird immer lauter, er wird unruhig und rutscht hin und her. Obwohl zum Rutschen nicht mehr viel Platz ist bei seiner Körperfülle.

‚He Mann', sage ich, ‚es tut mir leid. Als ich in Oregon in einer Düngemittelfabrik gearbeitet habe, ging es mir genauso, ich hab mich so mies gefühlt'

‚Bist du völlig durchgedreht?', fängt er an rumzuschreien. ‚Ich arbeite in keiner Düngemittelfabrik. Willst du mich etwa mit Düngemittel vergleichen?'

Inzwischen ist er auf hundertachtzig und kurz davor, zu explodieren. Spätestens jetzt hätte ich angehalten, die Waffe präsentiert und den Typ aussteigen lassen. Aber es ging nicht, weil ein Mann namens Joshua mit mir einen Deal gemacht hat. Ob ihr es glaubt oder nicht. Ich hab ein Stoßgebet zum Himmel geschickt, was Besseres fiel mir nicht ein. Und plötzlich habe ich gedacht: Jetzt ist alles egal, ich sag ihm, wie es ist."

Ken schwieg, holte Luft und fuhr fort: „Ich hab dann laut gepfiffen, der Typ war kurz überrascht und machte eine Pause mit seinem Rumschreien. Und dann hab ich ausgepackt und ihm gesagt, dass ich Angst vor ihm hätte, und wenn ich eine Waffe dabei hätte, würde ich sie jetzt holen. Ich hab ihm gesagt, dass ich eine Familie habe und keinen Unfall bauen möchte.

Der Stier blickt mich fassungslos an und sagt plötzlich ganz leise: ‚Sorry. Tut mir leid, aber dieses Gestankproblem macht mich total fertig. Ich heiße übrigens Ronald.‘

Er wird noch ruhiger, fast apathisch, und ich sage zu ihm: ‚Ich kenn da einen Mann, der könnte dir helfen. Wenn du morgen gegen halb zwölf am Stand bist, stell ich ihn dir vor.‘

‚Okay‘, sagt er. ‚Gut, gut, das ist gut.‘

Ich fahre weiter, er schweigt, aber dann erzählt er mir Stories aus seinem Leben und ...“

Ken hörte plötzlich mit Reden auf und rief: „Heilige Maria. Da vorne ist tatsächlich Ronald!“

Wir drehten uns um und sahen einen Mann am Taxistand stehen, ein wahrer Bulle, bestimmt über zwei Meter groß, der nervös auf und ab ging.

Ken startete den Motor, fuhr aus dem Parkplatz heraus und steuerte auf die Taxis zu, währenddessen machte er das Fenster auf und winkte Ronald zu.

„Wirst du dich jetzt auch wieder weigern zu heilen?“, raunte ich Jeschua zu.

„Wieso?“

„Gestern, bei dem Unfall, als ich vorgeschlagen habe ...“

„Aber das hier ist doch etwas ganz anderes“, sagte Jeschua.

Ken hatte inzwischen gehalten, war ausgestiegen und unterhielt sich mit dem menschlichen Stier.

Jeschua stieg ebenfalls aus und ging auf Ronald zu. Ich blieb lieber sitzen und beobachtete das Ganze aus der Distanz.

Ich sah, wie Jeschua den Mann anschaute und ihm zuhörte, dann gingen sie ein Stück weiter, und Jeschua redete ein paar Worte und segnete ihn. Der Stier schüttelte Jeschua überschwänglich die Hände und ging weiter.

Ken und Jeschua unterhielten sich noch. Ich sah, wie Jeschua Ken einen Umschlag mit Geld gab, den Ken einsteckte und für den er sich bedankte.

Jetzt war es wohl Zeit auszusteigen.

Ich kam auf die beiden zu.

„Wahnsinn!“, sagte Ken gerade. Er wandte sich an mich: „Das mit Ronald war nicht das einzige Erlebnis. Joshua kann dir noch mehr erzählen. Ich muss los!“

Er drückte uns beiden die Hand, bedankte sich noch einmal für das Geld und setzte sich hinter das Steuer.

„Und wohin jetzt?“, fragte ich. „Ich weiß es noch nicht“, sagte Jeschua. „Gehen wir einen Kaffee trinken, dann wird es mir einfallen.“

Bei einer Tasse Kaffee erfuhr ich dann noch mehr von dem, was dem waffenlosen Ken alles passiert ist. Es schien, als ob gestern die gesammelte Verbrecherelite bei ihm eingestiegen war, und er hatte es geschafft, mit ihnen irgendwie zurechtzukommen, ohne Waffen.

Jeschua meinte, Ken habe, ohne es zu wissen, die Bergpredigt gelebt.

„Wieso?“, fragte ich.

„Er hat mein Prinzip der anderen Wange praktiziert.“ Und als ich ihn verständnislos anstarrte, fuhr er fort: „‚Wenn dich einer auf die rechte Wange schlägt, halte ihm die andere hin.‘ Das hast du sicher schon mal gelesen, oder?“

Ich nickte.

„Gut. Das bedeutet: Wenn du angegriffen wirst, mach genau das, was keiner erwartet: Mach dich verletzlich. Ken hat das einzig Richtige getan: Als Ronald ihn verbal angegriffen hat, hat er seine schwache Seite gezeigt und ihn dadurch verblüfft. Der Angriff fiel in sich zusammen."

Hm, dachte ich, so hatte ich diesen Bibelvers noch nie gesehen. Bisher erschien er mir immer etwas abgehoben, aber keine Anweisung für waffenlose Taxifahrer zu sein.

„So, jetzt weiß ich wieder, was wir machen", sagte Jeschua plötzlich. „Wir fliegen nach Rom. Ruf deine Frau an, dass sie sich einen Flug nach Rom für Freitag besorgt. Wir treffen uns abends gegen sechs auf dem Petersplatz am Obelisken."

Teil II

Gehen

15

Wir gingen nach dem Flug und der Busfahrt vom Flughafen ins Zentrum an der gewaltigen Engelsburg vorbei, über einen Spielplatz, der im Schatten der Burg lag. Familien saßen unter den Bäumen und picknickten. Ein idyllisches Bild.

Übrigens, am Donnerstag war nicht viel passiert. Jeschua wollte allein sein. Ich hatte Zeit, mir weitere Notizen zu machen.

Jedenfalls, Rom präsentierte sich fast sommerlich heiß, obwohl es schon Oktober war. Die vielen Steine in dieser Stadt verstärkten vermutlich die Hitze noch. Zum Glück hatte die Sonne inzwischen ihre Kraft eingebüßt, und mein verschwitztes T-Shirt fing an, wieder zu trocknen.

In der Nähe einer hohen, rötlichen Ziegelwand ging Jeschua zu einem der mehrstöckigen Häuser, die ab dem vierten Stock über die Mauer ragten, und klingelte. Ein schmiedeeisernes Gitter umgab das Grundstück.

Knatternd meldete sich eine tiefe Frauenstimme aus der Sprechanlage, und Jeschua antwortete. Natürlich auf Italienisch.

Der Summton ertönte, wir traten in einen schmalen Innenhof, der mit Oleanderbüschen dekoriert war, und fuhren in den zweiten Stock. Unterwegs erklärte mir Jeschua, dass Signora Bartoli Ferienwohnungen vermietete. Woher er das wusste, blieb mir ein Rätsel. Oder auch nicht, denn er lebte ja von Eingebungen.

In der Tür stand eine ältere Dame mit gepflegten weißen Haaren und begrüßte Jeschua, als sei er ein alter Bekannter.

Ich lächelte zu allem, obwohl ich fast nichts verstand. Sie

schienen sich auf einen Preis zu einigen, und Jeschua bezahlte gleich im Voraus und in bar.

Tja, dachte ich, was man hat, das hat man.

Dann fuhren wir mit dem Aufzug in den vierten Stock, und Signora Bartoli, die ununterbrochen redete, zeigte uns die Wohnung. Ich war geplättet.

Parkettfußboden überall, ein neues Bad mit Dusche, alte Möbel, zwei Schlafzimmer. Und vom Balkon aus sah man die Kuppel des Doms.

Sie gab Jeschua zwei Schlüsselsets, wies auf einen kleinen Imbiss im Kühlschrank hin, jedenfalls kam mir ihre Handbewegung so vor, und verabschiedete sich. Dann drehte sie sich um und gab ihm ein paar Tickets. Es ging noch einmal hin und her. Schließlich bezahlte Jeschua die Tickets, und Frau Bartoli verschwand.

Ich ließ mich in einen der weißen Leinensessel fallen und sagte: „Eine Traumwohnung. Wahrscheinlich hast du ein Vermögen dafür bezahlt, und dann noch Tickets für irgendwelche Museen oder Konzerte!"

„Es war nicht überteuert", sagte Jeschua. „Siebzig Euro pro Tag. Für diese Lage – fast geschenkt."

„Und die Tickets?"

„Das bleibt mein Geheimnis. Wir warten aber, bis deine Frau gekommen ist. Zu dritt macht es mehr Spaß."

Er ging zum Kühlschrank, holte ein paar Sachen heraus, ich quälte mich aus dem Sessel und suchte in der kleinen Küche nach Tellern, Besteck und Gläsern und stellte alles auf ein kleines gusseisernes Tischchen auf dem Balkon.

Es war überirdisch schön. Zwar drangen ab und zu Verkehrsgeräusche nach oben, aber wir wohnten in einer Seitengasse. Der Lärm hielt sich also in Grenzen. Die Spätnachmittagssonne lag wie leuchtender Staub über den Dächern und den Bäumen und brachte die Farben zum Leuchten: Das Grün der Zypressen und die Blumen auf einem Balkon nebenan.

Wir aßen Brote und ein paar Kleinigkeiten, um den Magen zu beruhigen: Tomaten, Oliven, mailändische Salami und gegrillte, eingelegte Paprika.

„Wenn deine Frau abends dazustößt, essen wir dann richtig", meinte Jeschua und trank einen Schluck vom gekühlten Weißwein, den er mit einer Karaffe Wasser verdünnt hatte.

„Wie hast du diese fantastische Wohnung gefunden?", fragte ich kauend.

„Ich kannte den Sohn von Signora Bartoli, und der hat mich bei ihr empfohlen und angerufen, sodass sie uns schon erwartete."

„Und woher kanntest du den Sohn?"

„Den habe ich im Flughafen kennengelernt, als du auf der Toilette warst. Ich habe ihn bei einem persönlichen Problem beraten. Er hat mir auch die Busverbindung gezeigt."

Der Mann ist ein Kommunikationstalent, dachte ich. Aber warum wundere ich mich? Als Gott ist er schließlich der Erfinder der Kommunikation.

„Übrigens", sagte Jeschua, „diese riesige Ziegelmauer ist sehr alt, drittes Jahrhundert nach meiner Geburt. Kaiser Aurelian hat sie bauen lassen gegen die germanischen Flüchtlinge, die immer bedrohlicher wurden und Rom auf die Pelle rückten. Neunzehn Kilometer lang, und an manchen Stellen elf Meter hoch ..."

„Aber es scheint ja letzten Endes nicht viel genützt zu haben", bemerkte ich. „Rom wurde geplündert."

„Ja, sie hat den Ansturm nur einige Zeit aufgehalten, außerdem verschlang die Mauer so viel an Wachsoldaten, dass sie kaum vollständig besetzt werden konnte."

Ich legte mir Salami auf ein Stück Brot und dachte an andere Mauern, die mir in den Sinn kamen: die Berliner Mauer, die

Mauer gegen die Palästinenser und die Mauerdrohungen an der mexikanischen Grenze. Oder die Mauern um die Villen der Reichen in Afrika und Südamerika, die mit Stacheldraht, Glasscherben und Selbstschussanlagen ausgestattet waren. Ach ja – und die chinesische Mauer ...

„Mauern sind meistens ein Zeichen von Angst und dem Eingeständnis einer Niederlage“, sagte Jeschua.

„Aber jetzt“, meinte ich, „sieht diese Mauer hier ganz nett aus, mit Efeu dekoriert, und die Touristen bestaunen sie wahrscheinlich und knipsen Erinnerungsbilder.“

Jeschua nickte. „Nicht alle Mauern sind schrecklich. Ich liebe zum Beispiel die niedrigen Mauern in Irland, die mit Moos und Gräsern bewachsen sind, um die Schafe zusammenzuhalten, oder eine Mauer, die einen schönen Garten umschließt, damit die wilden Tiere draußen bleiben.“

Mir fielen romantische Burganlagen ein und die mittelalterliche Mauer um meine Stadt. Wahrscheinlich kann man auf Mauern nicht ganz verzichten. Schließlich besteht jedes Haus aus Mauern.

Ich merkte, dass ich schon wieder müde wurde, die Zeitumstellung, die Hitze, das Neue, die friedliche Stimmung ...

„Du kannst gerne deine Beine hochlegen“, ermunterte mich Jeschua, „ich halte mich draußen noch ein bisschen auf und bin in einer Stunde zurück, dann schauen wir uns auf dem Petersplatz um.“

Mir war das recht.

„Ich räum’ die Sachen auf!“, rief ich hinterher, als Jeschua schon aufgestanden war.

Aber dann dachte ich: Was soll‘s? Müdigkeit hin oder her, ich werde ihn unauffällig verfolgen und sehen, was er macht. Schließlich bin ich dazu da, alles aufzuschreiben oder aufschreiben zu lassen und kann nicht ständig schlafen. Mir fiel die Szene in Gethsemane mit den schlafenden Jüngern ein.

Also stellte ich nur schnell die Butter in den Kühlschrank, legte das Brot in das Fach und verließ mit dem zweiten Schlüssel leise die Wohnung, um Jeschua nachzuspionieren.

Ich rannte die Stufen hinunter, weil ich nicht auf den Aufzug warten wollte.

Als ich vorsichtig die Haustür öffnete, sah ich gerade noch, wie er um eine Ecke verschwand.

Ich erschrak, weil die Tür mit einem ohrenbetäubenden Krachen ins Schloss fiel.

Rasch lief ich auf das Haus am Ende der Gasse zu, spähte um die Ecke und sah die schlanke Gestalt des Auferstandenen, der mit langsamen Schritten die Straße entlangschlenderte.

Wir waren jetzt wieder mitten im Verkehrsgewühl: Autohupen, die quietschenden Reifen eines Busses und Radiomusik aus einem der Häuser.

Vielleicht wollte er sich tatsächlich nur die Beine vertreten? Nein, ein Typ mit einem Superkörper braucht sich nicht die Beine zu vertreten!

Er hatte bestimmt etwas vor. Er folgte einer Eingebung. Genau, das war es. Und ich war wieder einmal dabei.

Jetzt blieb Jeschua vor einem Buchladen stehen und betrachtete interessiert das Schaufenster. Ich stellte mich hinter einen der vielen Platanen und tat so, als ob ich auf jemanden wartete.

Durch das Schaufenster sah ich, wie Jeschua sich mit einer älteren Frau unterhielt. Plötzlich ließ sie sich in einen Sessel fallen und bedeckte ihr Gesicht mit den Händen.

Meine Güte, dachte ich, was hat ihr Jeschua erzählt? Vielleicht: Dein Sohn, von dem du geglaubt hast, er sei tot, lebt in Argentinien?

Oder: Ich weiß, was du letzten Sommer getan hast?

Ich sah, wie er der Frau die Hand auf die Schulter legte und wahrscheinlich für sie betete. Dann verließ er den Laden.

Ich gab ihm einen Vorsprung, kam hinter meiner Platane hervor und überlegte, ob ich in die Buchhandlung gehen sollte. Die alte Frau, das konnte ich durch das Schaufenster sehen, saß immer noch im Sessel und blickte abwesend auf eines der Bücherregale. Ich überflog die Auslagen. Mein Blick blieb auf einem Buch hängen mit dem englischen Titel: „The Shadow of the Man from Galilee".

Kurz entschlossen öffnete ich die Tür. Als die Klingel ging, blickte die Buchhändlerin erschrocken auf und wollte aufstehen, aber ich sagte auf Englisch zu ihr: „Bleiben Sie sitzen! Ich hab gerade gesehen, wie mein Bekannter mit Ihnen geredet hat."

„Wer war das?", fragte sie drängend. „Ich habe noch nie in so kurzer Zeit über die wesentlichen Dinge meines Lebens mit jemandem gesprochen."

Hm, dachte ich, das ist wohl Jeschuas Talent, schnell auf das Wesentliche zu kommen. Übrigens war das Englisch der Frau gar nicht übel.

„Nun", sagte ich, holte mir einen Stuhl her und setzte mich neben sie, „wissen Sie, mein Bekannter hat einen direkten Draht zu Gott. Er hat wohl die Gabe, hinter die Dinge zu schauen und hat schon manchen damit ...", mir fiel das Wort für verblüfft nicht ein und ich sagte stattdessen: „... überrascht."

„Ja, das kann ich bestätigen", meinte sie leise. „Mich hat er auch überrascht oder kalt erwischt. Er hat mir gesagt, ich hätte noch ungefähr drei Jahre zu leben und könnte jetzt anfangen, die Dinge in Ordnung zu bringen."

Sie wandte mir ihr Gesicht zu und flüsterte: „Er wusste Sachen aus meiner Vergangenheit, die niemand außer mir wissen konnte ... Dann hat er mit mir gebetet. Es war ... unglaublich. Er ist wie ein Priester ohne klerikalen Kragen."

Ich sagte nichts. Was soll man auch dazu sagen? Und so schwiegen wir ein paar Augenblicke. Schließlich seufzte die Buchhändlerin und meinte: „Sagen Sie Ihrem Bekannten einen schönen Gruß, ich werde heute noch meine Tochter anrufen. Er weiß dann schon, was ich damit meine." Dann schwieg sie wieder.

Ich stellte mir vor, dass es in ihrem Leben vielleicht eine verlorene Tochter gab, die sich nicht nach Hause traute.

Langsam stand ich auf, weil ich den Eindruck hatte, dass sie nicht mehr viel sagen würde. Auf die Idee, ein Buch zu verkaufen, kam sie gar nicht. Und so verabschiedete ich mich.

Jetzt hatte ich zwar Jeschua aus den Augen verloren, aber immerhin mitbekommen, was er so nebenbei alles machte.

Ich blickte auf die Uhr: halb fünf. Ich könnte noch eine Runde um den Petersplatz drehen. Wir wollten uns ja mit meiner Frau gegen sechs dort treffen. Vielleicht fand ich den Obelisken, unseren Treffpunkt.

Ich schlenderte an Geschäften vorbei, die nach der Mittagspause wieder geöffnet hatten, hörte schwedische, holländische und spanische Wortfetzen und suchte nach dem Eingang des Platzes, der irgendwo zwischen den Säulenreihen liegen musste. Hinter einer Säule sah ich einen Bettler, der es sich auf einem blauen Plastiksack „gemütlich" gemacht hatte.

Unterwegs kamen mir jede Menge katholische Geistliche in ihren schwarzen Kollarhemden entgegen. Sie wirkten relativ entspannt, einer lachte laut und hatte eine Eistüte in der Hand.

Ich ging weiter. Und dann sah ich ihn, den Obelisken. Ungefähr in der Mitte des Petersplatzes.

Als ich näher kam, geriet ich in eine Reisegruppe, die einem Vortrag lauschte: „ ... Obelisk wird auch die *Nadel des heiligen Petrus* genannt“, sagte eine Frau auf Deutsch mit slawischem Akzent. „Man weiß, dass er aus Ägypten stammt, aber man weiß nicht genau, wer ihn hergestellt hat oder wer ihn in Auftrag gegeben hat ...“

Naja, dachte ich, hergestellt wurde er von Tausenden von namenlosen Sklaven.

„... Kleopatra? Oder hat ihn ein römischer Kaiser bauen lassen? Jedenfalls stand hier ein Circus, und Tausende von Christen sind hier den Märtyrertod gestorben. Unter anderem, so lautet die Legende, starb auch Petrus hier.

Der Obelisk wurde erst später an diese Stelle mit großem Aufwand hergebracht. Vierzig Winden, und über neunhundert Arbeiter waren nötig, um ...“

Ich ging um den Obelisken herum, überließ die Gruppe ihrer Führerin und las eine lateinische Inschrift. Nach meinen lückenhaften Lateinkenntnissen stand das Jahr und der Name des Papstes darauf, der den Obelisken hier aufstellen ließ. Ich glaubte zu verstehen, dass der Obelisk früher den heidnischen Göttern gewidmet war und nun dem unbesiegbaren Kreuz diente.

Hinter mir hörte ich plötzlich laute Stimmen. Ich drehte mich um und sah einen Menschenauflauf. Ein paar Geistliche in langen Roben, die sie nach oben gerafft hatten, sausten an mir vorbei. Ziemlich schnell sogar.

Als ich mich durch die Leute drängte, sah ich den Bettler von vorhin, der sich in einem fantasievollen Tanz drehte, seinen blauen Müllsack schwenkte und dauernd etwas auf Italienisch brüllte.

„What is going on?“, fragte ich einen jungen Mann, der mir halbwegs italienisch vorkam.

Er schüttelte fassungslos den Kopf und erklärte mir auf Englisch, dass der Bettler eben von einem Fremden von seiner Blindheit geheilt worden sei. Der Fremde hätte ihn gefragt, ob er wieder sehen wolle. Darauf habe er ja gesagt, und der Mann hätte ihm die Hände auf die Augen gelegt, sehr warme, fast heiße Hände seien es gewesen, und jetzt könnte er wieder sehen.

„Und was ruft er die ganze Zeit?"

„Gott hat mich berührt! Gott hat mich berührt"

Ein paar von den Kollarhemdenträgern nahmen den Tanzenden in die Mitte und führten ihn langsam zur Seite.

Ich drehte mich um: Das konnte nur Jeschua gewesen sein. Ich meinte, ihn auch irgendwo kurz gesehen zu haben, aber als ich an die Stelle kam, war er verschwunden.

Typisch, dachte ich. Wenn man nicht damit rechnet, heilt er jemanden, aber eben nicht auf Befehl.

Ich ging hinter den Leuten her, die dem Geheilten folgten. Aber es war gar nicht so einfach. Im Nu hatten sich die Leute vervielfacht und verfolgten den Bettler, dessen Stimme immer noch zu hören war. Wieder rief er etwas.

„Was hat er gerufen?", fragte ich ein Paar. Die lachten nur und sagten. „Er ruft jetzt: ‚Ich sehe Menschen, viele schöne Menschen!'"

16

Wir gingen gegen sechs zum Petersplatz, um meine Frau zu treffen. Jeschua war rechtzeitig zurückgekommen. Ich hätte nicht einmal sagen können, ob er eine Armbanduhr trug. Unterwegs beichtete ich ihm, dass ich ihm nachspioniert hatte.

„War ja nicht zu überhören", meinte er. „Erst die laute Tür, und dann habe ich dich hinter einem Baum entdeckt. Gut, dass du nicht bei der Polizei arbeitest."

„Ach ja, die Buchhändlerin lässt dir ausrichten, dass sie noch heute ihre Tochter anrufen will."

„Gut."

„Übrigens, die Heilung dieses Blinden hat ziemlich viel Aufsehen erregt."

„Ja, man kann Heilungen schwer geheim halten, das hat damals auch nicht geklappt."

Der Obelisk kam in Sicht, Leute drängten sich darum. Als wir näher kamen, sah ich meine Frau mit einem kleinen Koffer, die auf dem Fundament saß und etwas las.

„Da ist sie!", rief ich.

Wir umarmten uns. „Alles geklappt?", fragte ich.

„Ja, ohne Komplikationen und bei euch?"

Ich lächelte. „Wenn man mit Jeschua unterwegs ist, gibt es dauernd Überraschungen. Erst vorhin hat er versucht, unauffällig einen blinden Bettler zu heilen. Ging natürlich daneben."

Charlotte runzelte die Stirn. „Die Heilung hat nicht geklappt?"

„Quatsch. Die Geheimhaltung. Im Nu gab es einen Massenauflauf."

„Ach so.“

Sie gab Jeschua die Hand

Wir gingen in Richtung unserer Wohnung. Jeschua stieß mich in die Seite und deutete auf den Koffer. Ich übernahm das Gepäckstück und sagte: „Wir haben eine super Wohnung gefunden, drei Minuten von hier.“

„Wir?“, fragte Jeschua.

„Natürlich du. Stell dir vor, Charlotte, während ich im Flughafen auf der Toilette war, hat er einen Typ kennengelernt, ihn beraten und aus Dankbarkeit hat der uns seine Wohnung zur Verfügung gestellt.“

„Nützlich verbrachtes Warten“, meinte sie. Dann erzählte sie ein paar Takte von zu Hause. Ständig hätten Leute angerufen und nach unserem Freund aus Israel gefragt.

„Wir bringen dein Gepäck in die Wohnung, du kannst dann ankommen, und danach gehen wir irgendwo essen“, erklärte Jeschua.

„Finde ich gut“, nickte Charlotte.

„Und das Konzert?“, fragte ich.

„Welches Konzert?“, fragte Jeschua zurück.

„Du hast doch von unserer Vermieterin diese Tickets gekauft.“

„Das ist nicht direkt ein Konzert. Das machen wir dann morgen Vormittag.“

Jeschua wählte kein Nobelrestaurant, was er mit seinen finanziellen Möglichkeiten sicher hätte tun können. Es war eher ein schlichtes Straßenrestaurant, wo die Leute vorbeigingen und einem in den Teller schauten. Der Kellner war aufgeräumt und etwas überschwänglich, als er an unseren Tisch kam. Wir waren noch relativ früh dran.

Er hatte uns an der Art, wie meine Frau und ich uns bewegten, gleich als Germanen eingestuft und sprach ein lustiges Deutsch.

Charlotte sagte, wenn sie schon in Italien sei, würde sie jetzt mal gerne richtige italienische Spaghetti essen.

„Welche Sorte, gnädige Frau?"

„Was ich schon immer wissen wollte: Was ist eigentlich der Unterschied zwischen Pasta Asciutta und Spaghetti Bolognese?"

Der Kellner räusperte sich und machte uns klar, dass Asciutta nur eine allgemeine Bezeichnung für Nudelgerichte mit Soße sei, zur Unterscheidung von überbackenen Nudeln.

„Asciutta heißte trocken. Also trocken Nudel mit feuchter Soße." Er überlegte kurz und fuhr fort: „Die Spaghetti Bolognese iste nicht einfach Tomattensoße mit Hackfleisch, sondern natürlisch Petersilie, Sellerie, Zwiebel, Karotten, feine gehackte Pinienkernen, Knoblauch, spezial Gewürze und vor allem: keine Salz ..."

„Kein Salz?", fragte meine Frau verwundert.

„No!" Er unterstrich die Unerbittlichkeit der salzlosen Soße mit ganzem Körpereinsatz. „Aber – dafüre mussa Spaghetti mit viel Salz gegocht werden. Und – die Soße musse mindestens zwei Stunden leise gochen."

„So viel Zeit haben wir nicht."

„Aber Signora, die Soße iste ja schon für Sie fertig. Es fehlen solamente die Spaghetti!"

Ich bestellte eine Pizza, und Jeschua entschied sich für Vitello Tonnato. Während wir warteten, hörten wir aus der Küche Stimmen, die sich über etwas aufregten, ein Kind schrie, eine Frauenstimme ereiferte sich, dann wurde es wieder ruhiger. Unsere Getränke kamen: eine teure Flasche Rotwein für uns alle und Wasser ohne Gas.

In der Küche wurde es wieder laut. Plötzlich stand Jeschua auf. Er steuerte auf die Küchentür zu und verschwand dahinter. Meine Frau und ich schauten uns an. Was wollte Jeschua in der Küche? Kochen lernen? Wohl kaum, oder? Wir hörten seine Stimme, Gegenstimmen, Weinen, Lachen, Klatschen, dann wieder ein leises Gemurmel.

„Wenn das so weitergeht, wird das mit dem Essen noch dauern", meinte ich.

„Wahrscheinlich führt er wieder seelsorgerische Gespräche", sagte meine Frau.

Die Tür zur Küche ging auf, Jeschua kam heraus und setzte sich wieder.

„Was war denn los?", fragte ich. „Es hörte sich nach einer dramatischen Familienszene an, als ob es um Leben und Tod ginge."

„Na ja, es ging schon ans Eingemachte", sagte Jeschua, trank einen Schluck Wein und fuhr fort: „Ich habe mitbekommen, dass in der Küche gerade eine Ehe auseinanderging. Die Ehefrau des Kochs tauchte mit der Tochter auf und hat ihm eine Szene gemacht, weil sie einen Liebesbrief von einer anderen Frau in seiner Jacke gefunden hat."

„Das ist ja wie in einem Kitschroman."

„Kann sein. Ich habe aber gewusst, dass der Koch gar nicht ernsthaft an einer Trennung interessiert war, dass die Affäre schon am Abflauen war und er allmählich begriffen hat, was er eigentlich an seiner Frau hat. Aber sein Stolz war ihm im Weg. Er konnte es nicht zugeben, weil seine Frau ihm alles Mögliche an den Kopf geworfen hat."

„Wörtlich?"

„Ja, es flog auch eine Pfanne, die ich gerade noch auffangen konnte. Die beiden waren so verblüfft, als ich erschien und die Pfanne in der Hand hielt, dass sie im ersten Augenblick nicht reden konnten. Das nutzte ich aus und erzählte ihnen etwas über ihre Ehe."

„Und woher wusstest du das alles?“, fragte Charlotte erstaunt.

Jeschua zuckte mit der Schulter. „Ich kommuniziere ständig mit Engeln.“

„Ich möchte gar nicht wissen, was die Engel über mich wissen.“

„Dein Schutzengel weiß alles, sonst könnte er dir nicht helfen.“

„Helfen? Wann hat er mir denn geholfen?“

Jeschua legte den Arm um Charlottes Schulter: „Ach, Charlotte, er hilft dir ständig, ohne, dass du es merkst. Die vielen positiven Gedankenanstöße in deinem Leben, Unglücke, denen du entgangen bist, ohne es zu wissen ...“

„Und was ist mit den Leuten, die bei einem Unglück sterben?“

„Sie waren an der Reihe. Oder der Engel hat nicht aufgepasst. Nur Gott ist vollkommen.“

Charlotte schwieg. Darauf fiel ihr nichts ein. Dann sagte sie:

„Meine Güte, wahrscheinlich könntest du Tag und Nacht hier Seelsorge betreiben, was?“

Jeschua nickte. „Stimmt, aber damit würde ich an kein Ende kommen. Auch damals konnte ich in Israel nur gelegentlich Leuten helfen. Meine Zeit war begrenzt.“

„Eigentlich ziemlich frustrierend, oder?“

„Nein, gar nicht.“

Charlotte starrte ihn ungläubig an. „Ich hab wohl nicht richtig gehört? Du bist jemand, der locker allen Leuten helfen könnte. Und hier sitzt du jetzt mit einem deutschen Ehepaar und könntest in der gleichen Zeit hunderten von Ehepaaren aus ihren Krisen helfen.“

„Ich verstehe, was du meinst, Charlotte“, nickte Jeschua. „Ich kann natürlich nur deswegen so gelassen bleiben, weil ich weiß, dass in der anderen Welt, auf der anderen Seite des Teppichs, die

Fäden sich zu einem Muster verwebt haben. Es gibt die große Aufarbeitung, früher sagtet ihr: das Jüngste Gericht, wo die Dinge zurechtgerückt oder zurechtgebracht werden. Manche Leute müssen danach für eine Zeit die Folgen ihrer Taten erleiden und kommen hoffentlich geläutert aus der Feuerprobe. Es klingt vielleicht kitschig, aber einmal wird tatsächlich alles gut. Nur deshalb kann ich hier so gelassen sitzen und ab und zu ein paar Krisen vorab entschärfen. Aber es gibt Christen, die meinen, sie müssten allen Leuten helfen, dass sie den Weg zu Gott finden, auch denen, die gar keine Hilfe wollen. Man kann nur denen helfen, die dafür bereit sind, so wie die beiden heute Abend. Wären wir gestern hier gewesen, wäre noch nichts passiert. Und hätten wir morgen hier gegessen, dann wäre es für diesmal zu spät gewesen. Es hätte dann wieder sehr viele Umwege bedurft, um diese Ehe zu heilen, wir ..."

In diesem Augenblick ging die Küchentür auf, und der Kellner, der über das ganze Gesicht strahlte, brachte unsere Gerichte. Mit ganz besonderer Sorgfalt schien er Jeschua zu bedienen.

Das Essen war ausgezeichnet.

Charlotte seufzte: „Ich habe noch nie so eine ausgezeichnete Bolognese gegessen. Es schmeckt irgendwie frisch und fruchtig, und, zusammen mit gesalzenen Spaghetti, der helle Wahnsinn."

„Der rote Wahnsinn", sagte ich.

Wir aßen eine Weile schweigend, dann fragte ich Jeschua: „Nun spann uns nicht länger auf die Folter: In welche Veranstaltung willst du uns morgen einladen?"

Jeschua kaute seinen Bissen zu Ende, wischte sich über den Mund, an dem sowieso kein Krümel zu sehen war, und sagte: „Ich habe Karten für eine Papstaudienz."

17

Ansgar und Frida gingen über die Kreuzung und betraten den schmalen Seitenweg, der zu dieser angeblichen Forschungsstation führen sollte. Obwohl es nicht mehr regnete, war der Himmel immer noch bedeckt, und Ansgar rechnete fast mit einem Schauer. Die Blätter der Buchen fingen an, sich zu verfärben und hatten die Hälfte ihrer Blätter schon verloren. Großvater und Enkelin trugen beide Regenjacken. Ansgar schulterte einen leichten Rucksack und stützte sich beim Gehen auf seinen Stock. Es sollte ja alles nach einer Wanderung aussehen.

Zu Fuß dauerte es endlos, bis sie zu dem Schotterweg kamen, den sie morgens entdeckt hatten.

„Langsam, Frida!“, rief ihr Opa. „Ich bin nicht mehr der Jüngste.“

Frida drosselte ihr Tempo und passte sich ihrem Großvater an.

Je näher sie kamen, desto deutlicher sahen sie, dass das Gebäude auf sie nicht wie ein modernes Forschungsinstitut wirkte.

„Es sieht gar nicht wie ein Forschungsdings aus“, meinte Frida, „eher wie ein altes Forsthaus.“

Das Anwesen war im Fachwerkstil gebaut worden, aber man sah, dass es neu war und kein renoviertes altes Forsthaus gewesen sein konnte. Das Dach glänzte im Regen durch die glasierten Ziegel. Der Putz zwischen den Balken sah noch frisch und hell aus. Ein Nebengebäude wurde sichtbar, mit schmiedeeisernen, verschnörkelten Gittern vor den Fenstern im Erdgeschoss.

Trotz oder gerade wegen des trüben Wetters sah das Haus

anheimelnd und gemütlich aus. An einer Ecke war sogar ein Erker mit rotem Spitzdach angebracht. Ein gepflegter Rosengarten umgab das Gebäude, und mitten in den Rosen ragte ein breites Vogelhaus aus den Blumen heraus.

Sie näherten sich der Tür.

„Massive Eiche", murmelte Ansgar und suchte vergebens nach einem Namensschild. Was er fand, war immerhin der Firmenname: INFEA (Institut für experimentelle Archäologie). Darunter stand: Hochbegabtenförderung e.V.

„Vorsicht, Opa!", raunte ihm Frida zu. „Über der Tür ist eine Kamera. Wir werden wahrscheinlich beobachtet."

Kaum hatte sie den Satz zu Ende gebracht, öffnete sich die Tür, und eine füllige Frau in einem blauen, knielangen Kittel und rosigen Wangen stand vor ihnen. Sie hätte auch in einer Küche stehen und Apfelkuchen backen können.

„Guten Tag", sagte sie freundlich. „Suchen Sie jemanden?"

Ansgar, der mit einem abweisenden Mann gerechnet hatte, war positiv überrascht.

„Nein, nein", sagte er. „Wir haben eine kleine Wanderung gemacht, kamen gerade hier vorbei und wunderten uns, was für ein Haus das wohl ist. Zuerst dachten wir an ein Forsthaus, aber jetzt ..."

Die „Apfelbäckerin" lachte kurz auf. „Nein, nein, wir sind ein Institut und erforschen die Vergangenheit – und manchmal auch die Zukunft."

„Hm", meinte Ansgar, „dass man die Vergangenheit erforscht, kann ich mir ja noch vorstellen, aber die Zukunft, die noch gar nicht eingetreten ist?"

„Wir verlängern die Gegenwart nach vorne. Das kann man untersuchen. Natürlich gibt es immer wieder überraschende Entwicklungen ..."

„Und diese Förderung für Hoch ..."

„Ach so, ja", sagte die Frau, „wir haben unter demselben Dach auch eine Privatschule für hochbegabte Kinder. Wir bieten Führungen an. Wenn Sie gerade Zeit haben, zeige ich Ihnen etwas von unserem Haus."

„Oh, das wäre sehr nett", sagte Ansgar, dem die Frau immer besser gefiel.

„Na, dann kommen Sie mal rein. Ich heiße Dr. Renate Matthiesen."

„Ich bin Ansgar Kolnik, und das ist meine Enkelin Frida."

„Schön, dass Sie sich als Großvater die Zeit für Ihre Enkelin nehmen."

Sie gingen einen hell erleuchteten Flur entlang, in dem Bilder von Versteinerungen und primitiven Werkzeugen an der Wand hingen.

„Im Erdgeschoss haben wir unsere archäologische Abteilung", sagte Dr. Matthiesen und fügte gleich hinzu: „Ich schau mal schnell, ob wir in den nächsten Raum gehen können. Bin gleich zurück."

Sie verschwand hinter einer Tür.

Frida stieß ihren Großvater in die Seite. „Lass uns verschwinden, Opa. Das gefällt mir hier nicht."

„Bist du verrückt? Jetzt, wo wir hier sogar herumgeführt werden?"

Sie hörten Kinderstimmen. Nur ein paar Meter von ihnen entfernt, rannten drei blonde Mädchen über den Flur und verschwanden um die Ecke.

„Meine Güte", flüsterte Ansgar. „Die sahen aus, als ob sie von unserem ominösen Haus sind. Wir sind hier goldrichtig."

„Vielleicht ... aber ... aber wir müssen hier raus!"

„Aber warum denn, Frida?"

„Ich weiß nicht, aber ich habe so ein komisches Gefühl, und vorhin ..."

Die Tür ging auf, und Dr. Matthiesen erschien.

„Wir können rein", sagte sie, und ihr Lächeln ließ ihre Augen fast verschwinden.

Sie betraten einen Raum, der größer war, als sie gedacht hatten. Überall standen Vitrinen und Schränke mit Glastüren, hinter denen man Tafeln, Tonscherben und Steine erkennen konnte.

„Oh, das ist ja eine beträchtliche Sammlung", meinte Ansgar anerkennend. „Was interessiert Sie denn so stark an der Archäologie?"

„Gute Frage", nickte Dr. Matthiesen. „Das sind hier natürlich keine echten Stücke, nur Repliken. Der Raum dient uns eher als ... als Inspiration. Die wirklichen Artefakte aus der Vergangenheit betrachten wir auf dem Monitor und werten sie dann aus. Es gibt immer noch neue Entdeckungen und noch nicht übersetzte archaische Tafeln. Wir interessieren uns für Relikte, die uns über die altorientalische Gesetzgebung oder die Ethik Auskunft geben. Also: Wie genau sah die Gesetzgebung damals aus? Worin unterscheiden sich damalige Lebensentwürfe von unseren heutigen? Braucht man überhaupt feste Gebote und Ordnungen oder entwickeln die sich nicht von selbst im Laufe des Zusammenlebens?"

Ansgar trat an eine Vitrine und blickte auf eine beschädigte Steintafel, auf der Bilder aufgemalt waren. „Das sieht aus wie ... wie ägyptische Hieroglyphen", überlegte er.

„Richtig", nickte die Wissenschaftlerin. „Das ist eine Tafel aus der zehnten Dynastie des Königs Achtoës, also aus dem 22. Jahrhundert vor unserer Zeitrechnung. Hier steht: ‚Sei auf der Hut ... ahm ... ungerecht zu strafen. Töte nicht, das bringt dir keinen Gewinn. Beruhige den Weinenden, verdränge keinen Mann vom Besitz seines Vaters ...'"

„Interessant", murmelte Ansgar.

Frida war inzwischen bei einer anderen Vitrine und rief: „Und hier sind irgendwelche Vogelfüße in den Ton gedrückt worden."

Dr. Matthiesen ging zu ihr, lächelte und sagte: „Das ist sumerische Keilschrift."

Plötzlich ging die Tür auf, und ein junger Mann betrat den Raum. Als er Dr. Matthiesen entdeckte, sagte er: „Hallo, Renate, ich buche gerade deinen Flug und brauche deine ..."

„Ich komme."

Sie wandte sich an ihre Gäste. „Ich muss meine kleine Führung hier leider abbrechen."

„Natürlich", beeilte sich Ansgar zu sagen. Zu dritt gingen sie zum Ausgang. „Ach, eine Frage habe ich noch", fing Ansgar an. „Waren das vorhin ein paar Kinder von Ihrer Privatschule?"

„Kinder?" Matthiesen runzelte die Stirn und zwinkerte nervös mit dem rechten Auge. „Eigentlich ist die Schule in einem anderen Gebäude ..."

„Aber wir haben vorhin welche auf dem Flur gesehen."

„Ach so, das ... das waren wahrscheinlich die Kinder von einem unserer Mitarbeiter. Auf Wiedersehen!"

Sie gab ihnen die Hand, drückte auf die Klinke und entließ die Besucher nach draußen.

Die Tür fiel ins Schloss. Großvater und Enkelin gingen schweigend den Schotterweg zurück.

„Komisch, ich hätte schwören können, dass die drei Mädchen zu der Truppe gehören, die in unserem perfekten Nachbarhaus ..."

„Natürlich waren das diese Kinder", sagte Frida. „Die Frau hat uns angelogen. Kinder von Mitarbeitern! So ein Schwachsinn!"

„Na ja, Frida, wir haben sie ja nur ganz kurz gesehen."

„Glaub mir Opa, ich weiß, wie die Mädchen aussehen, und

meine Augen sind sehr gut im Gegensatz zu deinen. Trotzdem wollte ich weg."

„Aber warum wurde Dr. Matthiesen nervös, frage ich mich?"

„Ist doch klar", meinte seine Enkelin, „weil die Kinder nicht gesehen werden sollen. Es war eine Panne."

„Quatsch. Wenn hier eine Schule angegliedert ist, dann kann es doch sein, dass Kinder hier herumlaufen. Eigentlich fand ich Frau Matthiesen ganz sympathisch, fast gemütlich."

„Gemütlich?" Frida schüttelte den Kopf. „Die hat nur so freundlich getan wie eine Lehrerin, die einem was beibringen will. Ich glaube, sie hat dich ein bisschen um den Finger gewickelt." Sie seufzte: Männer!" Und verdrehte die Augen nach oben.

„Mein Güte, Frida, du klingst, als ob du fünfzig bist."

„Kinder haben eben ein Feeling, ob jemand echt ist oder nicht."

„Und was fangen wir nun mit unserem Wissen an? Experimentelle Archäologie? Ein Forschungsinstitut, altorientalische Gesetzgebung? Privatschule für Hochbegabte? Und warum in unserer Stadt, in unserem Wald? Müsste man so ein Haus nicht in einer Großstadt bauen? Und warum in diesem Fachwerkstil? Das ist doch merkwürdig! Und dieser Raum mit den archäologischen Kopien. Ist doch völlig sinnlos. Nur wegen der Inspiration?"

„Vielleicht, um Besucher abzulenken?", schlug Frida vor und fügte gleich hinzu: „Übrigens haben mich diese dicken Gitter im Erdgeschoss gestört, obwohl sie schön aussahen."

Ansgar war inzwischen mit seinen Gedanken woanders und ging nicht auf Fridas Bemerkung ein. „Also, wenn es hier wirklich Kinder gibt", überlegte er laut, „wo werden die dann unterrichtet? So groß ist das Haus doch gar nicht."

„Keine Ahnung!" Frida zog ihre Kapuze über den Kopf. „Es fängt an zu regnen!"

Sie erreichten ein wenig durchnässt das Auto, stiegen ein und fuhren wieder zu Ansgars Wohnung zurück.

„So“, sagte er zu Frida, als er seine Regenjacke aufgehängt hatte, „egal, was für ein Haus das ist, für dich sind jetzt Hausaufgaben dran. Ich hab deiner Mutter versprochen ...“

„Ist ja gut“, unterbrach ihn Frida. „Ich schlage vor, wir treffen uns um ... sagen wir, halb sechs im Wohnzimmer bei einem heißen Becher Schokolade und besprechen die nächsten Schritte.“

„Und wer stellt die heiße Schokolade her?“

„Na du. Ich muss ja Hausaufgaben machen.“

„Hm. Also gut, um halb sechs. Ich muss vorher sowieso nochmal einkaufen, dann kann ich auch gleich dein Lieblingsgetränk mitbringen. Was liegt denn hausaufgabenmäßig an?“

„Englisch, Mathe, Deutsch.“

„Gut, werde ich dann kontrollieren.“

„Kannst du überhaupt Englisch?“

„Na klar. Ich lese sogar englische Krimis.“

„Echt jetzt?“

„Ja, echt. Erstens hatte ich Englisch in der Schule und zweitens einen englischen Brieffreund.“

Er ließ seine beeindruckte Enkelin zurück und ging einkaufen.

Als er zurückkam, saß Frida brav am Esstisch, hatte Bücher und Hefte um sich her verbreitet und war in ihre Aufgaben vertieft.

Ansgar sagte nichts, ging in die Küche, um die Einkäufe auszupacken und den Kakao zu kochen.

„Jetzt habe ich wieder die Milch mit den 3,8 Prozent Fettgehalt genommen und nicht die mit 1,5.“ Er seufzte.

Aber dann erteilte er sich selbst Absolution, weil er in Gedanken immer noch bei dem Fachwerkhaus, bei Dr. Matthiesen und den blonden Mädchen war, die gar nicht hätten auftauchen dürfen.

Während er aufpasste, dass die Milch nicht überkochte, sagte er halblaut zu sich: „Es soll von Weitem so aussehen, als ob zwei Mädchen regelmäßig zu dieser Schule gefahren werden ..."

Er wagte kaum daran zu denken, dass es womöglich um Missbrauch gehen könnte. Aber das passte nicht so recht in den übrigen Zusammenhang. Man würde nicht so viel Aufwand betreiben, um ein paar Mädchen zu entführen. Nein, es musste etwas anderes dahinterstecken.

Die Milch fing an zu kochen. Ansgar nahm sie von dem Herd, schüttete das lösliche Kakaopulver hinein und rührte das Ganze mit dem Schneebesen um, bis er eine schöne, dunkelbraune Mischung hatte.

Er ließ den Topf stehen und schaute nach den Hausaufgaben seiner Enkelin.

Als auch das halbwegs getan war, wärmte er den Kakao noch einmal auf, entfernte die Haut, und beide setzten sich mit den warmen Bechern in der Hand vor das Fenster und starrten auf das seltsam perfekte Haus.

Draußen herrschte eine idyllische Stimmung: Der Regen hatte sich ausgetobt, die Wolken waren an einigen Stellen aufgerissen und ließen eine milde Herbstsonne durchscheinen. Die Spitzen der Ahornbäume leuchteten golden. Alles war klar und rein und blitzte, als ob es von einer Heerschar Engel blank poliert worden wäre.

„Es sieht alles so friedlich aus", fing Ansgar an, „fast wie in einem Bilderbuch ..." Er nahm einen Schluck.

„Und in Wirklichkeit sind wieder zwei neue blonde Mädchen abgeliefert worden, und wir wissen nicht, was sie mit ihnen machen", sagte Frida leise.

„In dem Haus hier gegenüber machen sie nicht viel mit ihnen“, meinte Ansgar. „Mir scheint, dass dieses Haus nur ein Umschlageplatz ist, um die Mädchen unauffällig in das Institut zu schaffen ...“

„... wo die Hexe Matthiesen sie empfängt und eines nach dem anderen auffrisst.“

Ansgar schüttelte den Kopf. „Also Frida, ich bitte dich! Mir scheint, dass die Kinder oder die Mädchen in dem Institut für irgendetwas gebraucht werden, und damit es nicht auffällt, dass viele Mädchen in den Wald gebracht werden, hat man dieses perfekte Haus mit einer Pseudofamilie aufgebaut. Von außen sieht es so aus, als ob immer die gleichen Mädchen morgens zur Schule fahren.“

„Ganz schön viel Aufwand.“

Ansgar überlegte weiter: „Auf der anderen Seite fällt das doch auf, wenn irgendwo Kinder verschwinden. Das müsste man doch in den Nachrichten hören.“

„Du hast recht. Aber was ist, wenn diese Kinder gar nicht in Deutschland gemeldet sind?“

„Du meinst, sie sind illegal hier?“

„Könnte doch sein, oder?“

„Okay.“ Ansgar trank einen weiteren Schluck und schaute zu dem Haus hinüber, das wie ein zauberhaftes Idyll auf dem Grundstück stand, umgeben von einem Rollrasen, auf dem ein paar Amseln herumhüpften und etwas aufpickten.

„Aber dann müsste es wenigstens im Ausland auffallen, wenn plötzlich Kinder fehlen.“

„Und wenn man sie aus den Ländern weggenommen hat, in dem gerade Krieg herrscht oder sonst irgendwas Chaotisches?“

Ansgar blickte Frida an.

„Du hast recht. Das würde nicht auffallen, und die Kinder würden wahrscheinlich sogar gerne mitkommen, weil alles besser ist als das, was sie gerade erleben. Womöglich gibt es eine Organisation, die Kindern offiziell hilft und sie aus den Krisengebieten entfernt ..."

„Um sie neu einzukleiden, ihnen gutes Essen zu geben und ihre Haare zu färben", fuhr Frida fort.

„Ja, und ihnen irgendwelche Versprechungen zu machen, dass es ein großes lustiges Verkleidungsspiel gibt, an dem sie teilnehmen dürfen."

„Hm", sagte Frida und leerte ihren Becher. „Und das würde bedeuten, dass es völlig sinnlos wäre, sie zu treffen und sie anzusprechen. Wahrscheinlich verstehen sie kein Wort Deutsch und wenn, dann würden sie nur die netten Geschichten weitergeben, die man ihnen erzählt hat."

„Stimmt!", nickte Ansgar. „Es lohnt sich nicht mehr, das Nachbarhaus zu beobachten, wir müssen uns auf das Fachwerkhaus im Wald konzentrieren. Unser Nachbarhaus ist nur eine Durchgangsstation."

„Hm", überlegte Frida noch einmal. „Im Grunde bleibt uns nichts anderes übrig, als dass ich mir die Haare blond färbe und mich selbst in das Hexenhaus einschleuse!"

Ansgar blickte seine Enkelin entgeistert an: „Um Himmels willen, Frida! Sag so etwas nicht. Das werde ich niemals zulassen!"

18

Noch einmal gingen Ansgar und Frida ihre Entdeckungen durch und kamen zu demselben Schluss, dass das eigentliche Geschehen in dem Waldhaus ablief. Das perfekte Haus schien nur ein Durchgangslager zu sein, damit es nicht auffiel, wenn jedes Mal neue Kinder dort ankamen. Weil sie an diesem Abend nicht weiterkamen, sahen sie sich noch einen Film über isländische Geysire an und aßen dabei belegte Brote, bis Frida fast vor dem Fernseher einschlief.

Gegen halb drei wurde Ansgar wach. Seine Blase drückte.

„Wahrscheinlich hab ich gestern Abend zu viel getrunken, oder der Film über die Geysire wirkt nach“, dachte er.

Er setzte sich im Bett auf, angelte seine Pantoffeln und schlurfte zur Toilette.

Gerade als er wieder in sein warmes Bett schlüpfen wollte, hörte er von draußen ein leises Motorengeräusch.

Er schlich neben das Fenster, schob den Vorhang ein wenig zur Seite und sah den schwarzen Volvo vor dem perfekten Nachbarhaus stehen. Die Türen standen offen, und aus dem Wagen drängten vier oder fünf etwa zehnjährige Mädchen heraus. Er konnte nicht erkennen, was für eine Haarfarbe sie trugen. Doch, eines der Mädchen war kurz zu sehen, als die Hausbeleuchtung sie streifte. Es war definitiv nicht blond. Das Ganze lief rasch und lautlos ab. Sobald die Mädchen in dem Haus verschwunden waren, fuhr der Volvo an und bog am Ende der Straße ab.

Das Haus lag dunkel vor ihm, aber unter einem der Rollos sah er einen dünnen Streifen Licht.

Er zog sich von dem Fenster zurück und kroch in sein Bett, verschränkte die Arme hinter seinem Kopf und dachte nach.

Das Frühstück am nächsten Morgen verlief einsilbig. Beide waren noch müde. Schließlich entschloss sich Ansgar, von dem nächtlichen Besuch zu erzählen. Sofort war Frida hellwach und sagte: „Das passt! Irgendwelche Mädchen werden nachts abgeliefert, zurechtgemacht, und jeweils zwei fahren dann zum Waldhaus."

Ansgar nickte. Der Nebel lichtete sich etwas.

„Trotzdem merkwürdig", sagte er und trank einen Schluck Kaffee. „Warum diese Heimlichkeiten? Wenn das eine anerkannte Privatschule ist, muss man die Schüler doch nicht heimlich dorthin lotsen ..."

Bevor Frida ging, sagte sie: „Ach übrigens, heute ist mein Sporttag. Ich komme mittags nicht nach Hause, erst gegen fünf."

„Und was isst du zu Mittag?"

„Es gibt in der Schule eine Cafeteria, da kann ich mir Pommes und Salat bestellen."

„Dann brauchst du Geld."

„Mama hat mir welches gegeben."

„Na gut."

Frida nahm ihr Smartphone aus dem Ladegerät, griff nach ihrer Tasche, rief „Tschüss" und verschwand.

Ansgar blieb noch eine Weile am Frühstückstisch sitzen, goss sich eine weitere Tasse Kaffee ein und ließ seinen Gedanken freien Lauf.

Das Wetter draußen hatte sich noch nicht entschieden, ob aus dem Tag ein freundlicher Tag oder nur ein warmer Tag unter einer dicken Wolkenschicht werden sollte. Man konnte die Sonne hinter einem hellgrauen Fleck vermuten. Ein Wind kam auf, Ansgar sah, wie die Zweige sich bogen, als winkten sie irgendwelchen unsichtbaren Riesen zu.

Es freute ihn, dass Frida offensichtlich so ehrlich war, sein Geldangebot auszuschlagen. Nicht alle in ihrem Alter hätten das gemacht. Und doch hatte er ein ungutes Gefühl, wenn er an seine Enkelin dachte.

In was für eine seltsame Sache hatte er sie da hineingezogen! Bestimmt waren ihre Gedanken im Unterricht blockiert von dem, was sie entdeckt hatten. Er konnte nur hoffen, dass sie nichts Unüberlegtes tat.

Und wenn sie sich beide nun täuschten? Vielleicht gab es ganz harmlose Erklärungen für das Fachwerkhaus im Wald und für dieses perfekte Gebäude mit den blonden Mädchen? Vielleicht war es tatsächlich nur eine Privatschule, und Kinder aus ganz Deutschland wurden dort unterrichtet.

Dr. Matthiesen hatte eigentlich einen guten Eindruck auf ihn gemacht. Und: Wie leicht konnte man Dinge falsch deuten.

Er trank einen Schluck und dachte wieder an das perfekte Haus, von dem aus jeden Tag neue Kinder in das Waldhaus gefahren wurden. Der Mann, der ihm vor ein paar Tagen die Tür aufgemacht hatte, würde ihn niemals hereinlassen, so viel war klar.

Seufzend stand Ansgar auf, räumte den Tisch ab und ging in das „Beobachtungszimmer".

Er setzte sich hinter die Gardine und hob das Fernglas an die Augen.

Gerade hielt ein Pick-up vor dem Haus.

„Die Rasenmäher", murmelte Ansgar und sah, wie zwei Männer ausstiegen, den Rasenmäher abluden und klingelten.

Diesmal erschien eine junge Frau an der Tür, gab beiden freundlich die Hand und nickte ihnen zu.

Ohne eine übermäßige Hektik zu verbreiten, zog der eine der beiden Männer an der Schnur des Motors und fing an, den Rasen zu mähen, der kaum nachgewachsen war. Der andere hatte in der Zwischenzeit einen Kantenschneider geholt, der offensichtlich mit einem Akku ausgestattet war und beschäftigte sich mit den Rasenkanten, die eigentlich nicht getrimmt werden mussten.

Ansgar schüttelte den Kopf über diese unsinnige Arbeit und suchte mit seinem Fernglas langsam das Haus ab, ob ihm irgendetwas Neues auffiel.

Hinter einem der Fenster schien er einen Schatten zu bemerken, der hin und her ging. Aber was war daran so ungewöhnlich?

Plötzlich sah er, dass aus dem Schornstein Qualm emporstieg.

Ansgar wunderte sich. Warum an diesem warmen Tag heizen?

Oder sollten vielleicht im Kamin Papiere verbrannt werden?

Er legte das Fernglas auf den kleinen Tisch und brummte: „Dieses verdammte Haus macht mich noch wahnsinnig."

Zögernd verließ er das Beobachtungszimmer und ging in die Küche, um alte Zeitungen zu bündeln, die am nächsten Morgen in die Altpapiersammlung wandern sollten. Ein paar Mal schafften seine Finger es nicht, mit der Schnur einen Knoten zu knüpfen, und er merkte daran, wie unruhig er war. Dieses Haus fing an, seine Gedanken zu beherrschen. Er musste unbedingt mit diesen Beobachtungen aufhören.

19

Ich ging die letzten Stunden in Gedanken noch einmal durch: Die Buchhändlerin, der geheilte Bettler, die Eheszene in der Küche, und jetzt waren wir bei einer Papstaudienz! Allerdings hatte ich mir das alles ganz anders vorgestellt. Ich dachte, wir kämen in einen Raum, und der Papst würde sich mit uns unterhalten. Aber das wäre eine Privataudienz gewesen. Die Karten waren für eine öffentliche Audienz bestimmt, auf dem Petersplatz mit tausend anderen Gläubigen.

Am Anfang war ich etwas enttäuscht über diese Massenveranstaltung. Was fand Jeschua denn dabei aufregend, wenn ein Megastar gefeiert wurde?

Jedenfalls gingen wir am späten Vormittag über den überfüllten Petersplatz ziemlich weit nach vorne in die vierte Reihe und bekamen sogar noch drei Sitzplätze.

Um uns herum summte es, und die Leute unterhielten sich lautstark. Einige hatten belegte Brötchen dabei und Trinkflaschen. Meine Nachbarin packte eine Dose mit eingelegten Antipasti aus. Alles erinnerte an ein Volksfest.

Endlich kam der Papst zu Fuß von der Seite irgendwo herein, in Begleitung von seinen päpstlichen Schutzgorillas. Einige standen auf, um das Oberhaupt der katholischen Kirche besser sehen zu können, Handys wurden gezückt, um Bilder zu machen, aber da riefen schon andere: „Hinsetzen! Wir sehn nichts!"

Inzwischen stand der Papst auf der Bühne, flankiert von den überdimensionalen Steinskulpturen des Paulus und des Petrus.

Ich dachte, das hätten sich Petrus und Paulus wahrscheinlich damals nicht träumen lassen, dass sie zweitausend Jahre später in Stein gemeißelt auf einem berühmten Platz in Rom stehen würden.

Das Mikrofon knatterte, der Papst, ganz in Weiß, hob die Hand und redete auf Italienisch. Sofort wurde es still. Ein Mann, der neben ihm stand, übersetzte Satz für Satz auf Englisch.

Ich kann gar nicht mehr richtig wiederholen, was er alles gesagt hat. Es war eigentlich nichts Außergewöhnliches. Irgendwie ging es um die weltweite Kirche und um die Freude, dass man die internationale Verbundenheit hier deutlich spüren konnte. Dann stellten sich unterschiedliche Gruppen vor. Sie standen auf, wenn ihr Land genannt wurde, und riefen irgendetwas in die Menge oder schwenkten ihre Landesfahnen.

Jeschua saß nur da und verzog keine Miene.

Meine Güte, dachte ich, was wird er machen? Wird er wie bei der Tempelreinigung nach vorne stürmen und dem Papst die Kleider vom Leib reißen? Mir fiel ein, dass im Evangelium ein Ausspruch von dem historischen Jeschua überliefert ist, dass niemand sich anmaßen sollte, sich als geistlichen Vater zu bezeichnen, denn es gäbe nur einen Vater im Himmel. Und das Wort Papst bedeutet ja Vater.

Würde Jeschua das Mikro ergreifen und eine flammende Rede halten und die Christenheit aufrütteln mit: *Ihr Schlangen und Otterngezücht?* Aber das würde wahrscheinlich nicht gut ankommen. Wer kannte denn heutzutage noch Ottern? Ich hatte jedenfalls noch keine gesehen. Vielleicht sahen sie sogar ganz niedlich aus? Oder sie standen unter Naturschutz.

Jeschua könnte zum Beispiel seinen Auferstehungskörper in Licht verwandeln, die Erde erzittern lassen oder den Papst unter den Arm klemmen und ihn entführen ... Ich rechnete mit allem.

Nur nicht mit dem, was jetzt passierte: Jeschua stand langsam auf und ging ganz ruhig nach vorne. Als er die erste Reihe passieren wollte, kamen schon die Bodyguards und stellten sich ihm in den Weg, aber völlig unbeeindruckt ging er weiter, indem er mit den Männern redete. Sie wichen zurück. Ich fragte mich, was er ihnen wohl gesagt hatte.

Jetzt wurde es plötzlich still. Viele hatten wohl mitbekommen, dass jemand nach vorne ging, um den Papst zu treffen, und dass die Gorillas ihn durchließen. Wie Wellen verbreitete sich die Nachricht, dass ein Mann gerade ungehindert zum Papst vordrang.

Die Geistlichen an den Seiten kamen in Bewegung und liefen auf die Bühne zu.

Da fielen von irgendwoher mehrere Schüsse, um Jeschua aufzuhalten. Alles erstarrte, ein paar Leute schrien, andere duckten sich. Alle befürchteten, dass Jeschua ein Attentäter sei, der gestoppt werden musste.

Ich grinste, weil ich wusste, dass Kugeln hier nichts ausrichten konnten. Jeschua ging einfach unbeeindruckt weiter, stieg die Stufen zu dem Podest hoch und näherte sich dem alten Mann in Weiß und seinem Übersetzer. Der Papst hatte sich erhoben, wich zurück und versuchte, in Richtung des Doms zu fliehen. Schon rannten ein paar Männer auf die Bühne, um Jeschua festzunehmen, da rief er ganz laut den Papst mit Namen, mit seinem bürgerlichen Vornamen, soweit ich es mitbekam.

Das katholische Oberhaupt blieb stehen und drehte sich um. Jeschua und er sahen sich lange an, dann winkte der Papst seinem Übersetzer und den anderen Männern, die ihn beschützen wollten, sie könnten gehen. Zögernd gingen sie seitlich von der Bühne ab, sahen sich aber dauernd nach ihm um.

Jeschua trat jetzt ans Mikrofon und sagte auf Italienisch und

Englisch, dass er hier in Rom seinen alten Freund getroffen habe und mit ihm ein bisschen plaudern wollte. Es bestehe keine Gefahr, er sei kein Attentäter, eher das Gegenteil.

Ein Raunen ging durch die Menge, und ich dachte: Was ist eigentlich das Gegenteil von einem Attentäter, ein Aktenträger? Oder eher ein Lebensretter?

„Geht nach Hause oder wartet eine Viertelstunde, dann habt ihr euren Vater zurück."

Er legte seinen Arm um den Papst, und zusammen gingen sie wie alte Freunde weiter nach hinten und verschwanden im Petersdom.

Zunächst waren die Leute um mich herum wie erstarrt. Ein Fremder geht nach vorn, stellt sich als alter Freund des Papstes vor und verschwindet mit ihm im Dom. Das hatte es bisher noch nie gegeben.

Aber dann setzte wie auf Kommando ein tausendstimmiges Gemurmel ein. Über uns drang aus den Lautsprechern Musik. Es hörte sich an wie eine Messe, jedenfalls meinte ich Kyrie-Rufe zu erkennen.

„Do you know this man?", wurde ich von meiner Nachbarin mit den eingelegten Antipasti gefragt, die gesehen hatte, dass meine Frau und ich vorhin gemeinsam mit Jeschua angekommen waren.

„Yes, a little bit." Ich teilte ihr aber nur Allgemeinplätze mit und beruhigte sie. Auf keinen Fall wollte ich, dass sie mitbekam, wo wir wohnten.

„Und wo kommen Sie denn her?", fragte ich sie auf Englisch und erfuhr, dass sie aus Turin stammte und sich sehr auf diesen Morgen gefreut hatte, und nun sei der Papst verschwunden ...

Die Viertelstunde ging schneller vorbei, als ich gedacht hatte, und das Gemurmel schwoll plötzlich an, denn jetzt erschien der Papst wieder auf der Bühne. Diesmal allein. Sofort stürmten der Übersetzer und andere Männer in Schwarz herbei. Der Papst schien sie zu beruhigen, trat ans Mikrofon, hob die Hand und wartete, bis es ruhig wurde. Die Musik hörte auf zu spielen.

Ich gebe seine kurze Rede jetzt ungefähr so wieder, wie ich sie noch in Erinnerung habe:

„Liebe Schwestern und Brüder", begann er. Ungewöhnlich, dass er die Schwestern zuerst nannte.

„Dieser Tag wird für mich immer ein besonderer Tag sein und auch für euch, denn mir ist die Gnade geschenkt worden, von einem alten Freund eine prophetische Botschaft bekommen zu haben."

Auch dieser Satz war ungewöhnlich, denn der Papst redete mit einem Mal in der Ich-Form und nicht im Plural wie sonst. Es klang sehr persönlich.

„Mein Freund", fuhr er fort, „ist gegangen, und ich weiß nicht, wo er wohnt. Er will unerkannt bleiben. Vielleicht ist er auch derselbe, der gestern einen blinden Bettler heilte, wie mir am Abend glaubhaft zugetragen wurde.

Jedenfalls ist mein Freund ein besonderer Mann, und ich hatte ihn in den letzten Jahren aus meinem Herzen verloren, obwohl ich jeden Tag an ihn dachte.

Er hat mich mit seinen Worten erfrischt und gestärkt und – das muss ich euch auch bekennen, er hat mich gedemütigt." Der Papst machte eine kleine Pause und fuhr dann fort:

„Ich solle mir nicht einbilden, hat er mir gesagt, dass ich durch dieses Amt etwas Besonderes sei." Er machte mit seinem Arm eine umfassende Bewegung und schwieg wieder kurz. Ich hatte den Eindruck, dass ihn diese Rede Mühe kostete.

Schließlich fing der Papst wieder an zu reden: „Ich musste mir einiges von ihm anhören, von dem, wie die Kirche ihre Macht missbraucht hat und es immer noch tut. Und mein Freund fragte mich, warum ich es verhindere, dass Frauen Priesterinnen werden können und warum die Priester immer noch auf den Zölibat verpflichtet werden. ‚Der Heilige Geist', sagte mein Freund, ‚hat Männer *und* Frauen mit den Gaben ausgestattet, die nötig sind, eine Kirche zu leiten. Das stehe doch schon beim Propheten Joel geschrieben. Auch Frauen können Führungsqualitäten besitzen.

Und es ist Gottes ausdrücklicher Wille, dass seine Hirten in den Stand der Ehe eintreten sollen, wenn sie es wünschen.'"

Jetzt stockte der Übersetzer und sah den Papst mit großen Augen an, und der nickte nur und übersetzte seinen letzten Satz selbst ins Englische, dann wieder auf Italienisch: „Denn, wie kann man Eheleute mit ihren Sorgen verstehen, wenn man nie verheiratet war?

Außerdem schmerzt es Gott, mitansehen zu müssen, wie seine Kinder arm sind und leiden, während seine Kirche im Geld schwimmt."

Der Papst machte eine Pause und ließ die ungeheuren Worte nachklingen. Das Gemurmel schwoll wieder an. Die Würdenträger in purpur, die an den Seiten standen, wurden immer unruhiger.

„Ihr fragt euch vielleicht, woher dieser Mann das Recht hat, so zu reden. Ich sage euch nur so viel: Er hat das Recht so zu reden, weil ich weiß, dass seine Botschaft von Gott kommt. Ich habe es geprüft.

Aber er hat mit mir nicht nur über eine neue Ordnung geredet, sondern mir eine neue Freude für dieses schwere Amt geschenkt, Zuversicht und Kraft. Ich fühle mich um zwanzig Jahre jünger, seitdem er mir die Hände aufgelegt und mich gesegnet hat."

Der Papst richtete sich bei diesen Worten auf, und man spürte förmlich, dass seine Worte kein leeres Gerede waren.

„Nun, ich möchte nicht mehr viel sagen. Es sind viele Brautpaare da, die von mir heute gesegnet werden wollen. Sie haben lange auf diesen Tag gewartet. Vorher aber möchte ich euch alle segnen und euch Zuversicht geben für die alltäglichen Pflichten eures Lebens, dann darf ich mich verabschieden und diesem denkwürdigen Tag nachsinnen. Erhebt euch."

Fast alle, die dazu in der Lage waren, standen auf und empfingen den Segen des Papstes. Und während er sprach, spürte ich, wie eine Welle von Kraft von seinen Segensworten ausging.

Dann marschierten mindestens zwanzig Brautpaare auf die Bühne, um den Segen des Papstes für ihre Ehe zu erbitten.

Meine Frau und ich sahen uns an.

„Komm, wir gehen wieder zurück", sagte sie. Ich nickte.

Wir wühlten uns durch die Menge, schlugen einen weiten Bogen, weil wir nicht wollten, dass uns jemand folgte, gingen in ein Kaufhaus und an einer Seitentür wieder heraus und landeten eine Stunde später wieder in unserer wunderbaren Wohnung. Niemand war uns gefolgt.

Jeschua war aber nicht da.

Wir machten uns einen Kaffee und ließen den Vormittag Revue passieren.

Zwei Stunden später tauchte Jeschua auf. Ich stellte die Kaffeemaschine noch einmal an, und wir setzten uns auf den Balkon. Ich platzte förmlich vor Neugier.

„Hast du dich dem Papst zu erkennen gegeben?", fragte ich.

Jeschua nickte. „Ja, das war absolut notwendig. Diese Reformen kann er nur durchziehen, wenn er genau weiß, dass Gott sie gutheißt. Ich habe ihn gebeten, das auch gleich öffentlich zu sagen, damit es alle hören und er nach dieser Rede nicht mehr zurückkann."

Schlau, dachte ich, ein paar tausend Zeugen haben es gehört. Das kann man dann tatsächlich kaum noch zurücknehmen.

„Frauenordination und die Aufhebung des Zölibats", sagte ich, „ich hätte nie gedacht, dass ich das noch erlebe."

„Manchmal müssen Dinge beschleunigt werden", meinte Jeschua nur. „Deshalb bin ich hier. Aber warten wir's ab, ob nicht die Leute an den Schalthebeln das verhindern."

20

Ansgar ging in der Küche unruhig hin und her. Es war halb sechs, und Frida war immer noch nicht da. Er rief auf ihrem Handy an, aber es blieb stumm. Eigentlich untypisch für sie. Er wählte die Nummer der Schule. Vergeblich. Im Sekretariat meldete sich niemand. Nur der Anrufbeantworter.

Er setzte sich in der Küche auf einen Stuhl und dachte nach. *Normalerweise würde sie mir Bescheid geben ...*

Etwas zu hastig öffnete er seinen PC in der Hoffnung, dass sie ihm eine E-Mail geschrieben hatte. Aber er fand nur Werbemails vor und den Brief einer ihm unbekannten Frau, die sich gerne mit ihm treffen wollte, weil sie so einsam war und einen wunderbaren Körper hatte.

Er löschte die Mail.

Ob er bei seiner Tochter anrufen sollte? Vielleicht war Frida nur kurz nach Hause gegangen, um etwas zu holen? Und wenn sie nicht da war? Dann würde Uta in Panik geraten, ihm Vorwürfe machen. Er wartete lieber noch ein bisschen.

Was genau hatte Frida zu ihm gesagt? Wollte sie um fünf Uhr zu Hause sein oder gegen fünf?

Er wusste es nicht mehr. Gegen fünf könnte auch halb sechs bedeuten, vielleicht sogar sechs ...

Abrupt stand er auf. Irgendetwas stimmte nicht. Er griff nach seiner Regenjacke und dem Autoschlüssel.

Kurze Zeit später fuhr er Richtung Schule und beobachtete währenddessen die Straßen und Gehwege.

Er parkte, ging über den Schulhof zur Sporthalle. Abgeschlossen!

Zurück zur Schule. Die Eingangstür war noch offen, aber außer ein paar Oberstufenschülern war niemand mehr im Haus. Er klopfte an das Lehrerzimmer. Zu seiner Erleichterung hörte er Schritte. Die Tür öffnete sich, und eine Frau um die Vierzig blickte ihn fragend an.

„Entschuldigen Sie. Ich suche meine Enkelin Frida Drewers ... Sie hatte nachmittags Sportunterricht und müsste eigentlich schon längst zu Hause sein. Ist vielleicht ...?"

„Warten Sie einen Augenblick. Ich glaube, Herr Degenhard ist noch da." Sie drehte sich um und rief: „Stefan, da ist ein Herr, der nach Frida Drewers fragt."

Sie nickte ihm zu und sagte: „Herr Degenhard kommt gleich."

Stefan Degenhard war ein drahtiger Fünfziger mit ergrauten Schläfen und Kinnbart.

Ansgar sagte seinen Spruch, und Herr Degenhard meinte nur: „Frida war heute gar nicht beim Sportunterricht. Sie hat sich entschuldigen lassen ..."

Ansgar wurde es plötzlich kalt, und er merkte, dass seine Knie weich wurden, aber er durfte jetzt keine Panik verbreiten und sagte schnell: „Ach, dann wird sie zu Hause sein. Wissen Sie, wir ... wir hatten uns verabredet, wahrscheinlich hat sie es vergessen, ich wollte sie abholen und ... Na ja, Sie wissen ja, wie Kinder sind. Vielen Dank."

Er nickte dem Sportlehrer zu und beeilte sich wegzukommen.

Als er wieder im Auto saß, schloss er vor Erschöpfung die Augen und atmete tief ein und aus.

„Wenn sie gar nicht beim Sportunterricht gewesen ist", murmelte er, „was hat sie dann ...?"

Er stockte, weil er es schon längst geahnt hatte. „Mein Gott, sie wird doch nicht zu dem Institut gefahren sein und auf eigene Faust ..."

Es wäre eine Erklärung, die zu Frida passen würde. Sollte er dort hinfahren?

Wenn Frida aber etwas herausgefunden hatte und dort festgehalten wurde, würde man ihm freundlich sagen, dass Frida natürlich nicht hier sei. Wie er denn überhaupt auf die Idee käme, nach ihr zu fragen. Schließlich sei sie doch keine Privatschülerin.

Ansgar seufzte.

Es bleibt mir wohl nichts anderes übrig, als es Uta zu sagen. Warum habe ich Frida nur in meine idiotischen Beobachtungen eingeweiht?

Er fuhr langsam wieder nach Hause. Als er die Tür aufschloss, hatte er die leise Hoffnung, dass sie vielleicht inzwischen gekommen war.

„Bist du zurück, Frida?“, rief er.

Die Wohnung blieb still.

Schließlich griff er zum Telefon und rief seine Tochter an.

Das Telefonat war unangenehm und laut. Kurze Zeit später klingelte es, und Uta stürzte herein.

„Wie kann es denn sein, dass sie einfach nicht von der Schule zurückgekommen ist?“

„Nun setz dich erstmal hin. Ich habe vielleicht eine Idee.“

Er hatte Kaffee gemacht und schob seiner Tochter den Becher hin.

„Zuerst will ich deine Idee hören.“

„Frida und ich haben ein bisschen Detektiv gespielt.“

Uta wollte schon etwas sagen, aber Ansgar hielt den Arm hoch.

„Nun lass mich doch erstmal ausreden!“

Während Uta aus dem Becher trank, erzählte Ansgar von seinen Beobachtungen und dass Frida es herausgefunden hatte. Er sagte seiner Tochter, er hätte Frida das keinesfalls aufgedrängt, aber dieses Haus schräg gegenüber sei schon ein seltsames Haus, er habe genügend Material dabei, das er ihr zeigen ...

„Okay, okay“, unterbrach ihn Uta. „Du meinst, Frida ist drüben in diesem merkwürdig perfekten Haus?“

„Nein, wenn überhaupt, dann ist sie vielleicht in diesem Institut, in dem es auch eine Privatschule gibt. Bestimmt wollte sie herausfinden, was dort unterrichtet wird ...“

„Und du hast sie darin bestärkt! Mein eigener Vater ...“

Jetzt wurde es Ansgar zu bunt, und er schlug mit der Hand auf den Tisch.

„Zum Kuckuck. Wie oft soll ich denn noch sagen, dass ich sie nicht ermuntert habe. Als sie so was andeutete, hab ich ihr verboten, Alleingänge zu unternehmen, aber du kennst ja Frida ...“

„Was soll das heißen?“

„Na ja, wenn sie einen Plan hat, dann lässt sie sich kaum davon abbringen, wie du in dem Alter. Erinnerst du dich an die Sache mit dem verschwundenen Hund?“

Uta schwieg und trank den Rest des Kaffees aus. „Wir müssen zur Polizei gehen.“

Ansgar winkte ab. „Die unternimmt in dem frühen Stadium noch gar nichts. Jemand gilt frühestens als vermisst, wenn ein Tag verstrichen ist. Man wird dir sagen, dass sie wahrscheinlich morgen wieder auftaucht, weil sie bei einer Freundin übernachtet hat. ‚Telefonieren Sie erst mal die Freunde ab‘ und so weiter.“

„Nein, nein!“, sagte Uta, „bei vermissten Kindern ist es anders.“

Sie stand auf und ging auf und ab. „Trotzdem will ich vorher zu diesem Institut fahren, dann haben wir vielleicht schon einen Hinweis.“

„Die Leute im Institut werden sich ahnungslos stellen, wenn Frida tatsächlich da ist ..."

„Vielleicht hat sie etwas auf dem Weg verloren ..."

Ansgar zuckte mit den Schultern. „Ja, das ist eine Möglichkeit. Gut, gehen wir. Und wenn wir nichts finden, können wir nur noch beten."

Uta schüttelte den Kopf. „Du immer mit deinem Beten. Na ja schaden kann's jedenfalls nicht. Ich muss raus. Ich kann hier nicht untätig herumsitzen. Wir fahren zu diesem Institut, auch wenn es schon dunkel ist. Hast du eine Taschenlampe?"

21

Ansgar ging wie im Traum hinter Uta her und setzte sich in ihrem Auto auf den Beifahrersitz.

„Richtung Autobahn“, sagte er.

Er konnte keinen klaren Gedanken fassen. Frida war verschwunden. Vielleicht entführt worden. Nein, sie war auf eigene Faust zu dem Institut gefahren, um mehr über die Kinder herauszufinden, obwohl er es ihr verboten hatte. *Mein Gott*, betete er in Gedanken, *hilf uns, Frida zu finden.*

„Und wie geht's jetzt weiter, Papa?“

Ansgar schreckte hoch. „Da vorne zweigt eine kleine Straße nach links ab, da musst du rein.“

Uta fuhr schweigend weiter.

„Diese enge Straße weiterfahren, bis zu einer Kreuzung. Siehst du das Licht zwischen den Bäumen?“

Sie nickte.

„Das ist es.“

„Gut, dann lass uns langsam dahin gehen und die Umgebung nach möglichen Spuren absuchen.“

Ansgar quälte sich aus dem Sitz, der nach seinem Geschmack viel zu tief eingebaut war, griff nach seinem Stock und ging neben Uta her. Sie schwenkte die Taschenlampe nach allen Seiten.

„Ich vermute mal, dass sie ihr Fahrrad hier versteckt hat. Das wäre immerhin ein Hinweis ...“

„Ja“, nickte Uta, „daran habe ich auch schon gedacht.“ Sie griff nach einem abgebrochenen Ast, der unter einem Baum lag, und klopfte auf das Laub um sich herum.

Sie näherten sich dem Haus. Inzwischen war es halb acht. „Ist gar nicht so schlecht, wenn es dunkel ist, dann sieht man uns nicht von Weitem“, meinte Ansgar und wühlte mit seinem Gehstock erfolglos in einem Laubhaufen herum.

Plötzlich ertönte ein metallisches Geräusch.

„Ich hab was!“, rief Uta. Sie fegte die Blätter zur Seite und leuchtete.

„Fridas Fahrrad!“, sagte Ansgar mit heiserer Stimme. „Immerhin etwas!“

Uta blieb stehen und stemmte ihre rechte Hand in die Hüfte. „Also wissen wir jetzt, dass sie zu diesem Haus unterwegs war, irgendeinen Zugang gefunden hat und nicht mehr herausgekommen ist.“

„Ja, wenn sie nicht hineingegangen ist, wäre sie schon längst da.“

Uta überlegte. „Was machen wir mit dem Fahrrad?“

Ansgar zuckte mit der Schulter. „Wir nehmen es mit, versuchen es in unsere Mäntel zu hüllen, um keine Fingerabdrücke zu hinterlassen ...“

„Und wenn Frida sich befreien kann und ihr Fahrrad nicht mehr findet?“

„Dann findet sie auch so den Weg zurück. Stell dir nur vor, wir führen die Polizei morgen zu der Stelle, und das Fahrrad ist verschwunden. Dann stehen wir blöd da.“

„Du hast recht.“

Sie wollte gerade zupacken, da hielt sie inne und sagte: „Nein. Das ist Quatsch. Ich rufe jetzt bei der Polizei an, wir haben ja einen Anhaltspunkt.“

„Meinst du wirklich?“

„Ja. Ich würde mir ewig Vorwürfe machen, wenn wir zu lange gewartet hätten.“

Sie holte ihr Smartphone aus der Tasche und wählte 110.

Nach längerem Tuten meldete sich eine weibliche Stimme: „Polizei. Sie sprechen mit Frau Meinhold."

„Guten Abend. Mein Name ist Uta Drewers. Meine Tochter Frida wird seit heute Mittag vermisst."

„Frau Drewers, gut, dass Sie sich melden. Haben Sie bei Freundinnen nachgefragt und alle Möglichkeiten bedacht?"

„Ja, haben wir. Nichts. An ihr Handy geht sie auch nicht ran."

Es entstand eine kurze Pause, dann sagte die Stimme wieder:

„Am besten, Sie kommen jetzt sofort auf die Dienststelle. Bringen Sie Ihren Ausweis und ein Bild Ihrer Tochter mit und ..."

„Hören Sie!" Utas Stimme klang eine Spur höher und dringender. „Das werden wir gleich tun, aber wir haben gerade ihr Fahrrad im Wald gefunden in der Nähe des ... des INFEA-Instituts. Wir sind ziemlich sicher, dass sie da hineingegangen ist und dort festgehalten wird."

„Das INFEA-Institut? Da ist doch eine Privatschule angegliedert für Hochbegabte. Wahrscheinlich wollte sie sich auf eigene Faust erkundigen und hat die Zeit vergessen ...?"

„Nein, nein, meine Tochter hätte sich nach so langer Zeit bestimmt gemeldet, sie hat ihr Handy dabei und geht, wie gesagt, nicht ran. Da stimmt etwas nicht."

„Geben Sie mir schon mal Ihren Namen und die Adresse."

Uta nannte ihre Adresse. „Und was sollen wir mit Fridas Fahrrad machen?"

„Fassen Sie es nicht an, und merken Sie sich die Stelle. Bis gleich."

Uta steckte ihr Smartphone wieder ein.

„Oder ob wir vielleicht doch vorher noch bei dem Institut klingeln sollen? Zumindest wissen sie dann, dass Frida vermisst wird."

„Ich denke“, meinte Ansgar, „es hat keinen Sinn, bei dem Institut zu klingeln. Wenn sie Frida festhalten, werden sie sich hüten, irgendetwas zu sagen.“

„Trotzdem. Ich geh dahin! Kommst du mit, Papa?“

„Natürlich, ich lass dich doch da nicht alleine hin.“

Schweigend gingen sie auf das Gebäude zu, das inzwischen seine Außenbeleuchtung eingeschaltet hatte. Die Scheinwerfer auf dem Boden brachten das Rot der Ziegel wunderbar zur Geltung. Es sah aus wie ein Märchenhaus, wie ein Waldhaus, in dem eine verwunschene Prinzessin lebte.

Sie klingelten mehrmals, aber nichts rührte sich.

Uta klopfte gegen die Tür. Ohne Erfolg.

Schließlich ließ sie ihre Hand auf der Klingel liegen. Nichts passierte.

„Klingelt es überhaupt im Haus?“, fragte Ansgar. „Mein Gehör ist nicht mehr auf der Höhe.“

Uta presste ihr Ohr gegen die Tür. „Du hast recht, ich höre keinen Klingelton.“

„Dann haben sie die Klingel ausgeschaltet.“

„Aber es brennt doch Licht hinter ein paar Fenstern.“

„Das kann auch eine Zeitschaltuhr sein.“

Uta ließ den Klingelknopf los und hämmerte jetzt mit beiden Fäusten gegen die massive Tür. Auch das brachte keinen Erfolg.

„Lass uns zur Polizei fahren“, sagte ihr Vater mit müder Stimme.

Die Dienststelle der Polizei war eine Ernüchterung. Uta erfuhr zwar, dass man bei Kindern tatsächlich sofort etwas unternahm und nicht wartete, aber es schien so zu sein, als ob niemand ernsthaft an eine Gefahr glaubte. Dennoch hatte die Beamtin alle verfügbaren Kräfte zusammengetrommelt, die sich nun mit Uta und Ansgar auf den Weg machten, um die Stelle gezeigt zu bekommen, wo das Fahrrad lag.

Einer der Beamten ging auf Uta zu und sagte: „Frau Drewers, Sie fahren jetzt mit Ihrem Vater am besten nach Hause, hier können Sie nichts tun. Wir werden Sie sofort informieren, wenn wir Frida finden oder eine Frage haben."

„Werden Sie sich denn auch das Institut vornehmen?"

„Natürlich."

„Vorhin hat keiner aufgemacht."

„Ja, das sagten Sie schon. Sind Sie in der Lage, selbst zu fahren?"

„Ja, ja, das geht, vielen Dank ... und ... ahm, hoffentlich finden Sie Frida."

Als sie eine Viertelstunde später wieder in Ansgars Wohnung ankamen, sagte Utas Vater: „Ich bin dann um sieben bei dir."

„Nein, Papa, das brauchst du nicht."

„Natürlich bin ich da. Und deine Arbeit?"

„Ich nehm' mir morgen natürlich frei." Uta seufzte. „Ich weiß nicht, ob ich heute Nacht schlafen kann ..."

„Immerhin wird jetzt der Wald durchkämmt. Ach Uta, es tut mir leid, dass ich ..."

Sie winkte müde ab. „Lass nur Papa, du kannst ja auch nichts dafür. Ich kenne meine Tochter."

Sie drehte sich um und ging.

Ansgar machte hinter ihr die Tür zu, ging ins Wohnzimmer, ließ sich in den Sessel fallen und murmelte: „Und wenn beten doch nicht hilft? Wenn alles Einbildung ist? Kann überhaupt irgendein Mensch Gott bewegen, etwas zu tun? Hat er nicht seine eigenen Pläne?"

Er schwieg. Dann flüsterte er: „Mein Gott, wenn ihr etwas passiert ist, dann werde ich für den Rest meines Lebens nicht mehr froh.“

22

Das Wochenende in Rom ging zu Ende. Wir wanderten ein Stück auf der Via Appia und stellten uns vor, dass auch die Apostel dort hinaufgegangen waren. Allerdings wurden sie dabei nicht ständig von Autos überholt. Wir waren in einer der Katakomben und sahen das Zeichen des Fisches, hingekritzelte Namen und griechische Sätze.

Eigenartig war es schon, mit Jeschua diese Stätten zu besuchen. Er kam mit Leuten ins Gespräch und verschwand mit ihnen um die Ecke, saß mit ihnen später auf Parkbänken und tat seine Arbeit als Seelsorger.

Wir bekamen längst nicht alles mit. Einmal verschwand er in einem Krankenhaus, kam nach einer Stunde im Eiltempo heraus und verriet uns unterwegs, dass er durch seine Krankenheilungen den ganzen Apparat durcheinandergebracht habe. Krankenheilung durch Handauflegung seien bei den Krankenkassen nicht vorgesehen.

„Ach, jetzt heilst du also doch“, sagte ich. „Neulich in New York, bei diesem Unfall hast du dich geweigert ...“

„Weißt du, ich lasse mir nicht gerne vorschreiben, was und wie ich zu helfen habe.“

„Klar“, nickte ich, „man will als Gott seine Souveränität behalten.“

„So ungefähr.“

Wir bekamen noch drei Plätze am Sonntagnachmittag im Flieger zurück nach Hannover.

In allen Nachrichtenkanälen konnte man die Szenen auf dem Petersplatz verfolgen und die Kommentare dazu hören. Alle rätselten herum, wer wohl dieser geheimnisvolle Fremde gewesen sei, der den Papst zu dieser revolutionären Rede inspiriert habe.

Wahrscheinlich waren wir neben dem Papst die einzigen, die es wussten. Aber wir hielten natürlich unseren Mund. Jeschua selbst hatte uns sehr deutlich zu verstehen gegeben, dass er keine Publicity wollte. Schon damals, bei seinem ersten Kommen hatte er den Leuten verboten, von ihren Heilungen zu erzählen, und das zu einer Zeit, als es noch keine Krankenkassen und Fernsehnachrichten gab.

Jedenfalls, am Sonntagabend saßen wir müde von der Reise auf unserer Couch im Wohnzimmer. Charlotte hatte Backkartoffeln gemacht, eine Schüssel Kräuterquark und ein paar geräucherte Forellen auf den Tisch gestellt.

Wir hatten den Fernseher angemacht und verfolgten ein Nachrichtenmagazin. Plötzlich wurde Jeschua hellhörig und starrte gebannt auf den Fernsehschirm.

Ich fand die Nachricht eigentlich nicht so spannend. Sie handelte von einem Institut, das sich mit Archäologie beschäftigte und Privatschulen für Hochbegabte ins Leben gerufen hatte.

Eine Frau Matthiesen stand in einer Lehmschule mit Wellblechdach in einem afrikanischen Land und erzählte, wie begeistert die Schüler hier lernten.

Jeschua saß jetzt kerzengerade da. Charlotte und ich sahen uns an und fragten uns, was Jeschua an der Reportage so faszinierte.

„... wie Dr. Matthiesen uns weiter versicherte", sagte die Sprecherin, „dehnt sich das Projekt von INFEA durch großzügige Spenden immer weiter aus. In Garoua, Nordkamerun, ist gerade ein neuer Schulkomplex errichtet geworden ..."

Das Bild wechselte, und jetzt kam tatsächlich diese Dr. Matthiesen näher ins Bild. Sie sah irgendwie niedlich aus und sagte: „Ja, inzwischen ist INFEA in vielen Ländern präsent, und die Kameruner Regierung unterstützt unser Anliegen, hochbegabten Schülern eine qualifizierte Ausbildung zu ermöglichen ..."

Charlotte sagte nur: „Komisch, ich glaube, wir haben in unserer Stadt auch eine INFEA-Filiale. In dem Waldstück bei der Autobahnauffahrt. Ich wusste gar nicht, dass die so international sind."

Matthiesen verschwand aus dem Bildschirm, und das Gesicht der Nachrichtensprecherin erschien wieder, die die Schlagzeilen zusammenfasste und das Wetter für morgen ankündigte.

Jeschua war jetzt aufgesprungen und ging erregt im Zimmer herum.

„Es geht wieder los!", sagte er.

„Was geht los?", fragte ich. „Dieses INFEA-Dings ist doch eine gute Sache oder nicht?"

Jeschua schüttelte den Kopf. „Es ist der Anfang einer großen Bewegung, und ich muss diese Leute stoppen. Das ist auch einer meiner Aufträge, neben dem Pflanzen von Samen in die Herzen von Menschen."

„Aber was ist denn an dieser ... was war das noch ... experimentellen Archäologie so gefährlich?"

„Sie untersuchen die Bedeutung von Gesetzen und Geboten und wie man sie überwinden kann."

„Sollen sie doch!".

„Das ist noch nicht das Gefährliche, aber sie bilden eine neue Elite aus, die das Gesicht der Erde verändern wird, wenn ich nichts unternehme."

Ich schaute Jeschua verblüfft an, und auch Charlotte legte

ihre Gabel zu Seite und verfolgte Jeschua mit ihren Blicken, der wieder hin und her ging wie ein Tiger im Käfig.

Er hob die Faust drohend zur Decke und schien vor Zorn zu glühen. Es wurde sogar spürbar wärmer im Zimmer.

„Man sollte Menschen, die Kinder verführen, einen Stein um den Hals hängen und sie in einen See werfen!“, schrie er, und ich hatte den Eindruck, dass unser Fußboden mitsamt der Fußbodenheizung vibrierte. Hoffentlich platzen jetzt nicht die Rohre, dachte ich.

Ich konnte mir nicht vorstellen, dass diese nette Dr. Matthiesen Kinder verführte. Höchstens verführte sie sie zum Lernen, und das fand ich jetzt nicht so bedenklich.

Nach diesem quasi göttlichen Wutausbruch beruhigte sich Jeschua wieder, sah uns an und sagte: „Ihr könnt das jetzt nicht verstehen. Ich erkläre es euch, wenn es so weit ist, dann ...“

Er hörte mit Sprechen auf, weil die Sendung unterbrochen wurde und ein Mann zu sehen war, der Folgendes sagte: „Vermisst wird seit gestern früh ein zehnjähriges Mädchen: Frida Drewers. Sie war am Freitag nicht zum Schulsport erschienen, und man fand ihr Fahrrad in einem Waldstück bei der Autobahnauffahrt in ...“

„Aber ich kenne das Mädchen!“, rief Charlotte. „Frida Drewers. Ihre Mutter Uta und ich sind zusammen zur Schule gegangen.“

„Und das Fahrrad wurde in der Nähe des Instituts gefunden“, sagte Jeschua mit ruhiger Stimme.

„Das haben sie nicht gesagt“, meinte ich, „es hieß nur in einem Waldstück in der Nähe der ... Ach so, ja, das könnte ja das Institut sein.“

„Charlotte“, sagte Jeschua, „ du weißt ja, wo die Familie von Frida wohnt.“

„Ja, natürlich."

„Dann gehen wir jetzt da hin."

„Was? Aber warum denn? Wir haben doch keine Ahnung ..." Sie verstummte, denn was Jeschua gesagt hatte, klang nicht nach einer Bitte, sondern nach einem Befehl.

„Na gut. Aber wir fahren mit dem Auto", sagte Charlotte.

Fünf Minuten später saßen wir im Auto und fuhren zu Familie Drewers. Inzwischen war es richtig kühl geworden. Der deutsche Herbst hatte sich breitgemacht, und ich war froh, meine Lederjacke angezogen zu haben.

Jeschua saß natürlich im Hemd auf dem Beifahrersitz und starrte gebannt nach draußen.

Teil III

Sitzen

23

„Habt ihr in der Schule nebeneinander gesessen?“, fragte ich Charlotte, als wir durch die Nacht fuhren. Ich saß direkt hinter ihr und hatte ihr meinen Schlüssel gegeben. Nachts fahre ich nicht gerne selbst.

„Wer hat neben mir gesessen?“, fragte Charlotte

„Na, diese Uta Dremann.“

„Drewers.“ Sie trat auf die Bremse, weil es rot wurde. „Nein, wir waren nur in derselben Klasse im Gymnasium.“

„Und seitdem habt ihr euch nicht mehr gesehen?“

Es wurde gelb, und sie ließ die Kupplung kommen „Na ja schon. Mal beim Einkaufen oder sonst in der Stadt, aber es ist nie zu einem Kaffee oder einer Einladung gekommen. Ihre Tochter Frida war ab und zu in der Zeitung, im Sportteil. Sie spielt Handball im Verein.“

„Ich hoffe, wir sind nicht zu spät“, sagte Jeschua.

„Wieso zu spät?“, fragte ich. „Du hast doch alles im Griff und kannst alles lenken und ... und irgendwelche Wunder tun.“

„Aber das ist nicht meine erste Aufgabe. Im Allgemeinen lassen wir den Dingen ihren Lauf und lenken die Geschicke der Menschheit unauffällig. Ein Gott, der ständig eingreifen würde, brächte alles durcheinander. Die Krankenheilungen in Rom haben es gezeigt, dass es nicht gut ist, sich einzumischen.“

„Aber als du beim ersten Mal auf der Erde warst, da hast du doch mit Wundern förmlich um dich geworfen: Gehen auf dem Wasser, Tote auferwecken, Blinde sehend machen, Wasser zu Wein, Brote und Fische vermehren, und so weiter.“

„Ja, das war wichtig, das gehörte damals zum Programm. Die Zeichen des Messias, damit die Schrift erfüllt wird, aber jetzt ist eine andere Situation."

Charlotte hielt vor einem Einfamilienhaus. Ich schaute auf die Uhr im Auto: halb zehn. Da konnte man noch klingeln.

Wir stiegen aus und Jeschua sagte zu Charlotte: „Du stellst dich kurz vor, damit die Familie dich erkennt und sagst, dass wir bei der Suche nach Frida helfen können, dann übernehme ich."

„Hört sich vernünftig an." Sie klingelte.

Eine Weile tat sich nichts, aber dann hörten wir eine aufgeregte Frauenstimme an der Sprechanlage: „Ja? Wer ist da?"

„Ich bin's, Charlotte Sanders. Wir kennen uns aus dem Gymnasium. Damals hieß ich Langental. Wir können dir bei der Suche nach Frida helfen."

Der Summer ertönte, und wir stiegen ein paar Stufen nach oben.

„Ich fasse es nicht!", rief Uta schon auf dem Treppenabsatz. „Charlotte! Woher wisst ihr ...? Ach so, Nachrichten! Und was ...?"

„Uta, lass uns erstmal reingehen. Unser Bekannter erklärt dir dann alles."

„Ja, ja, natürlich. Ich ... ich hole meinen Vater. Uwe ist unterwegs und muss auf den Flieger warten. Geht schon mal ins Wohnzimmer."

Wir betraten den Flur und gingen weiter ins Wohnzimmer. Uta verschwand und kam mit einem alten Mann zurück, der sich umständlich auf einen Stuhl setzte und uns neugierig betrachtete. Er stellte sich uns als Ansgar Kolnik vor.

Das Wohnzimmer war großzügig geschnitten und hatte einen Kamin, in dem allerdings kein Feuer brannte.

„Also, es war so", fing Uta wieder an. „Mein Vater hat mit Frida ein Haus beobachtet und das INFEA-Institut besucht und denkt, dass Frida heimlich dorthin gegangen ist, obwohl die Polizei vor Ort war und dort anscheinend niemand Frida kennt. Ich denke, es ist eine falsche Fährte. Allerdings lag ihr Fahrrad gestern Abend im Wald in der Nähe des Instituts. Außerdem hat das Institut einen guten Namen und betreibt eine Art Privatschule ..."

Jetzt mischte sich Jeschua ein. „Frida und ihr Großvater haben durchaus recht. Dieses Institut ist äußerst gefährlich, und die beiden waren auf der richtigen Spur."

Der alte Mann blickte plötzlich auf und sah Jeschua interessiert an.

„Ja, aber, woher weiß ... wie heißen Sie?", fragte Uta überrascht

„Josua Davidsen."

„Woher wissen Sie das, Herr Davidsen? Dieses Institut macht eine Menge guter Dinge überall, Schulen in der Dritten Welt ..."

„Ich weiß", nickte Jeschua. „Kennen Sie das Sprichwort vom Wolf im Schafspelz?"

Sprichwort ist gut, dachte ich, das hat Jeschua selbst erfunden oder zumindest bekannt gemacht.

„Ja, ja, natürlich kenne ich diese Redewendung. Sie glauben also tatsächlich ..."

„Frida und ich", fing Utas Vater jetzt an, „haben ein Haus beobachtet, wo nachts zehnjährige Mädchen ankommen, die so zurechtgemacht werden, dass sie sich ähnlich sehen. Sehr merkwürdig. Und es werden morgens immer zwei zu diesem Institut gefahren. Von weitem sieht es so aus, als seien es immer die gleichen Mädchen."

„Aber Vater, das ist ein Irrtum. Ich hab dir das doch schon gesagt. Das sind immer dieselben Mädchen, die sehen an verschiedenen Tagen eben ein bisschen anders aus. Das hört sich dermaßen schräg an. Wie so eine ... eine Verschwörungstheorie."

„Ihr Vater hat recht", sagte Jeschua und blickte den Alten

freundlich an. „Glauben Sie bloß nicht, dass Ihre Gebete sinnlos sind, Herr Kolnik."

„Was haben denn die Gebete meines Vaters mit der ganzen Geschichte zu tun? Und woher wissen Sie überhaupt, dass mein Vater betet?"

„Meinen Sie nicht auch", wandte sich Jeschua an Uta, „dass Ihr Vater um die Befreiung von Frida gebetet hat? Ist das so ungewöhnlich?"

„Ja, kann natürlich sein. Aber ... aber was sollen wir denn jetzt tun? Wir ... wir unterhalten uns die ganze Zeit über dieses komische Institut, und Frida wird dort festgehalten, wenn es stimmt, was Sie gesagt haben ..."

„Ich werde hingehen und Frida dort herausholen und hierher bringen. Ich hoffe, dass einer der Leiter vor Ort ist, zum Beispiel Frau Matthiesen."

„Matthiesen?", sagte Charlotte, „das war doch diese Frau im Fernsehen, die so ein Interview in Kamerun gegeben hat ..."

„Wahrscheinlich war es aufgezeichnet", meinte Jeschua, „und sie könnte inzwischen wieder zurück sein. Ich kann ja nicht mit Brachialgewalt dort eindringen und muss darauf setzen, dass Frau Matthiesen Frida freiwillig herausrückt."

„Hören Sie, wenn Frida wirklich dort ist, dann stürme ich mit einem Gewehr das Gebäude!", rief Uta. „Gewalt hin oder her. Das ist mir scheißegal!"

Jeschua lächelte. „Wozu Mütter fähig sind ... Haben Sie denn ein Gewehr?"

„Nein, aber ich werde mir eines besorgen."

„Ich habe erst neulich einem Taxifahrer beigebracht, auf seine Waffen zu verzichten. Wir lösen das ohne Waffen." Er blickte mich an: „Kommst du mit, Oliver?"

Ich nickte: „Klar!"

„Ich komme auch mit!" Uta stand auf.

„Nein, bitte nicht. Jemand muss beim Telefon bleiben und Frida nachher empfangen. Charlotte wird auch hierbleiben. Vielleicht kochen Sie Fridas Lieblingsessen. Sie wird Hunger haben. Ungefähr in einer Stunde sind wir zurück."

Jeschua stand auf. „Komm, Oliver!"

Wir verließen das Wohnzimmer, öffneten die Haustür und steuerten auf den Wagen zu. Zum Glück war die Strecke ja nicht lange. Nachts blendeten mich nämlich die Scheinwerfer anderer Autos. Mein Augenarzt hatte mir empfohlen, mir neue Linsen einsetzen zu lassen. Anzeichen von grauem Star. Aber bis zum Institut würde es gehen.

Wir fuhren schweigend durch die Nacht, während sich Jeschua mit dem Navi beschäftigte.

„In zweihundert Meter an der Kreuzung rechts abbiegen", sagte eine Automatenstimme.

Schließlich erreichten wir das Waldstück und folgten der Stimme, die ohne Lunge und Stimmbänder auskam.

Als wir schon dachten, dass wir uns verfahren hätten, kamen wir an eine Kreuzung mitten im Wald, und in der Ferne funkelten die Lichter des Instituts.

Ich hielt auf einem Parkplatz vor dem Gebäude. Im Inneren gingen mehrere Lampen an.

„Die haben ein Warnsystem", meinte ich, „und wissen jetzt, dass wir kommen."

Als wir die Treppen hinaufstiegen, öffnete sich auch schon die Tür. Ein Mann in einem dunkelblauen Pullover stand vor uns und sah uns fragend an. „Sie wünschen?"

Jeschua trat vor und sagte: „Wir möchten gerne Frau Doktor Matthiesen sprechen."

„Jetzt um die Zeit? Sie ist eben vom Flughafen gekommen und ich denke, dass im Augenblick ..."

Jeschua unterbrach ihn und sagte weiterhin freundlich, aber sehr bestimmt: „Es ist sehr dringend. Glauben Sie mir, Sie würden es schwer bereuen, wenn Sie sie nicht sofort rufen."

Irgendetwas an der Festigkeit von Jeschuas Auftreten schien den Mann aus dem Konzept zu bringen.

„Na gut, dann nehmen Sie eben kurz Platz. Aber ich bin nicht sicher, ob sie kommen wird."

„Renate wird ganz bestimmt kommen."

„Und wen soll ich melden?"

„Einen alten Bekannten, der alles über sie weiß."

Der Mann blickte irritiert an Jeschua vorbei und entfernte sich.

„Ich dachte, du bist zur Zeit nicht allwissend", flüsterte ich.

„Schon, aber ich kommuniziere gerade mit ihrem Engel."

„Ach so, ja." Und ich dachte: Heutzutage muss man sich als Engel nur bei Facebook einklinken und hat im Handumdrehen eine Menge Hintergrundwissen.

Jeschua hob den Kopf und zog die Luft ein. Dann sagte er etwas Seltsames: „Hier riecht es nach Bosheit und Heuchelei."

Aber das habe ich erst viel später verstanden.

Es dauerte nur drei oder vier Minuten, da hörten wir Geräusche, und die Frau, die ich aus dem Fernsehen kannte, bog um die Ecke, in Begleitung eines smarten Mannes im Anzug, der auf mich wie ein Bodyguard wirkte.

„Guten Abend, ich bin Dr. Matthiesen. Wer wollte mich sprechen? Ich bin gerade von einer Reise zurückgekommen ..."

„Ich wollte Sie sprechen", sagte Jeschua.

„Ich kann mich nicht erinnern, Sie jemals gesehen zu haben", sagte sie.

„Das kann schon sein, weil ich normalerweise unsichtbar agiere."

„Unsichtbar?" Renate Matthiesen blickte Jeschua stirnrunzelnd an. „Renate", fuhr er in vertraulichem Ton fort, „wir brauchen einen Raum, wo wir uns in Ruhe unterhalten können."

„Ich kenne Sie nicht. Und reden Sie mich nicht mit Du an."

Jeschua blieb ernst und sagte: „Früher hast du mich aber geduzt. Manchmal jede Nacht."

Genial, dachte ich, wie interessant es klingt, wenn Jeschua von Abendgebeten spricht.

„Das ist Unsinn! Was bilden Sie sich ein! Also: Worüber wollen Sie mit mir sprechen?"

Matthiesens männlicher Begleiter verfolgte interessiert dieses bizarre Gespräch und ließ seine rechte Hand unauffällig auf die linke Seite seines Jacketts gleiten.

„Lassen Sie Ihre Waffe stecken. Das hätte bei mir keinen Sinn", sagte Jeschua zu Matthiesens Begleitschutz. Dann wandte er sich an Matthiesen: „Renate, willst du wirklich, dass ich die Geschichte von dem Bootsunfall hier ausbreite, die doch eigentlich abgeschlossen ist?"

Jetzt hatte Jeschua offensichtlich ihre wunde Stelle getroffen.

Dr. Matthiesen verlor plötzlich ihre überlegene Art, starrte Jeschua entgeistert an und krächzte: „Hier entlang." Und zu dem Anzugmann sagte sie: „Danke, Ralf, du kannst gehen."

„Glaubst du wirklich, dass du alleine zurechtkommst?"

„Ja, verdammt."

„Und wo soll mein Begleiter solange hin?", fragte Jeschua.

„Hier, nebenan."

„Bis nachher, Oliver", sagte Jeschua und zwinkerte mit dem rechten Auge.

Nachdenklich ging ich in den Nebenraum, das Licht ging von selbst an, und setzte mich in einen der Sessel.

Warum hatte mich Jeschua angezwinkert?, überlegte ich und schaute mich um. Aber außer einem Tisch, ein paar Stühlen, zwei Sesseln und einem feuerlosen Kamin, gab es nichts Besonderes zu sehen.

Ob Jeschua vielleicht wollte, dass ich Zeuge dieses Gesprächs werde, überlegte ich. Aber war das nicht etwas Seelsorgerisches?

Ich schlenderte zum Kamin. An der Seite war ein schwarzer Hebel. Nur zum Spaß bediente ich ihn und dachte: Wahrscheinlich die Lüftungsklappe.

Ich wunderte mich nur, dass sie sich so geräuschlos bewegen ließ. Mitten in der Bewegung hielt ich inne. Ganz deutlich hörte ich jetzt zwei Stimmen, eine männliche und eine weibliche.

Das war doch ... Auf der anderen Seite musste auch ein Kamin sein oder eine unsichtbare Öffnung.

Jetzt war ich mir fast sicher, dass ich zumindest bei diesem Gespräch mithören sollte. Ich getraute mich nicht, den Hebel einrasten zu lassen, weil das bestimmt ein Geräusch gab. Atemlos lauschte ich.

„Du willst mir also allen Ernstes einreden, dass INFEA eine verbrecherische Organisation ist?“, sagte Matthiesen gerade.

„Ja. Allerdings will ich dir das nicht einreden, sondern dir nur die Augen dafür öffnen.“

„Ich weiß, was du meinst. Unser System, Kinder in Europa zu verteilen, ist in der Tat etwas ... eigenartig. Wir ziehen die Mädchen gleich an, färben ihnen die Haare, bringen sie nachts zu den Einfamilienhäusern in den verschiedenen Städten, und von außen sieht es aus, als würden jeden Tag dieselben beiden Mädchen zu unseren Schulen gebracht. Ich gebe zu: nicht korrekt, klar. Aber wir holen die Kinder illegal aus Krisengebieten und geben ihnen eine ausgezeichnete Ausbildung. Die Formalitäten holen wir später nach. Und unsere Lehrmethoden würden zur Zeit noch mit dem Gesetz kollidieren, deshalb die Geheimhaltung, bis die Öffentlichkeit so weit ist. Bist du von der Polizei? Und wie um alles in der Welt ..." Sie sprach jetzt verhaltener „... weißt du von dem Bootsunglück ...?"

„Halt, Renate! Du hast das Wichtige weggelassen. Ihr benutzt Kinder, um Experimente mit ihnen zu machen. Ihr testet Drogen an ihnen, ihr probiert neue Verhaltenstechniken bei ihnen aus und ihr zieht eine neue Elite heran, vor der mir graust. Und zu dem Bootsunglück ... dem scheinbaren Bootsunglück, willst du wohl sagen. Du weißt genau, dass es kein Bootsunglück war."

„Wir waren damals Kinder."

„Auch Kinder können für den Rest ihres Lebens mit Schuldgefühlen herumlaufen. Ich könnte dich davon befreien."

„Das ist ja rührend. Mir kommen gleich die Tränen. Was willst du wirklich von mir?"

„Ich will dich über INFEA aufklären."

„Aha. Bitte!"

„INFEA forscht nach dem Ursprung der Gebote und Gesetze. Richtig?"

„Ja, das ist das, was Archäologen unter anderem nun mal machen."

„Aber Renate, sie forschen nicht einfach so neutral. Sie haben ein Ziel: Sie wollen erfahren, woher die Gesetze kommen, wie sie sich entwickelt haben. INFEA ist der Meinung, dass Kinder sich selbst Gesetze geben müssen, ohne angeblich vorbelastet zu sein."

„Ja, der Meinung bin ich allerdings."

„Und du nimmst diese Experimente mit Drogen an Kindern in Kauf?"

„Es geschieht letzten Endes zum Wohl der Menschheit."

„INFEA erzieht weltweit Tausende, wahrscheinlich Hunderttausende von Kindern dazu, alle überkommenen Gesetze abzulegen und sich selbst Gebote zu geben."

„Gut zusammengefasst, Josua. Wir erziehen sie zu mündigen Bürgern. Es gibt für sie keine Verbote. Sie lernen nach und nach selbst, was gut ist für sie und was nicht. Unsere Bibliotheken haben keinen Jugendschutz. Das ist ein alter Zopf aus einer Zeit, die Kinder erziehen wollte."

„Eines habt ihr nicht bedacht."

„Und was wäre das?"

Jeschua machte eine Pause und sagte dann, als zitiere er etwas: „Wenn aber die Gesetzlosigkeit überhand nehmen wird, wird die Liebe in vielen erkalten."

„Komischer Satz. Was hat denn Gesetzlosigkeit mit dem Gefühl der Liebe zu tun? Töten nicht manchmal Gesetze die Liebe? Der Buchstabe tötet, aber der Geist macht lebendig!"

„Wer als Kind ohne Richtlinien und sinnvolle Geboten aufwächst, wird später nicht in der Lage sein, Liebe zu entwickeln. Liebe im Anfangsstadium bei Kindern braucht einen Rahmen, wie eine empfindliche Pflanze zunächst einen Blumentopf braucht, bevor man sie draußen einpflanzt.

INFEA erzieht eine ganze Generation von egozentrischen Monstern. Diese Kinder werden eines Tages erwachsen sein, in Machtpositionen sitzen und das Gesicht der Erde verändern. Oh ja, sie werden schon Gesetze finden, aber es werden Gesetze sein, die gewisse Ausschreitungen eindämmen, Gebote zum Überleben, rein praktische Gesetze, um das Leben zu organisieren. Aber in ihrem Inneren werden sie rücksichtslos gegen andere sein, die anders sind als sie, denn das Gebot der Nächstenliebe existiert für sie nicht. Worte, wie: Selbstlosigkeit, Achtung vor der Person des Anderen, weil er ein Ebenbild Gottes ist, werden Fremdwörter sein. Und ich bin gekommen, um diese Entwicklung zu stoppen. Sie ist vielleicht nicht grundsätzlich aufzuhalten, aber es ist noch zu früh."

Matthiesen war ein wenig nachdenklicher geworden, aber weit entfernt davon, Fehler einzugestehen und antwortete: „Für uns gibt es keinen Unterschied mehr zwischen innen und außen. Die Menschen sollen gradlinig werden, das tun, was sie denken, das denken, was sie tun. Geheimnisse vor anderen werden abgeschafft. Eine neue Freiheit. Wie willst du uns denn stoppen?"

„Zum Beispiel durch dich und den anderen internationalen Leiter."

Matthiesen lachte, aber es klang ein wenig blechern.

„Durch mich?"

„Ja. Denn du kennst jetzt die Wahrheit."

„Hat mich aber, ehrlich gesagt, nicht wirklich überzeugt. Gefühle, wie Liebe zum Beispiel, haben mit Geboten oder Richtlinien gar nichts zu tun."

„Oh doch, weil Liebe nicht nur ein Gefühl ist, sondern ein Willensakt."

„Ach nee."

„Erinnere dich an deine Trauung. Wie lautet die Formel? *Könnest du dir vorstellen, diesen Mann zu heiraten, wenn er in deinen Rahmen passt?* Nein. Sondern: *Willst du diesen Mann heiraten und ihm die Treue halten in guten und schlechten Tagen, in Gesundheit und Krankheit?*

Und alle Gäste bei einer Trauung wollen die drei Worte hören, auf die alles ankommt: *Ja, ich will.* Glaub mir, wenn du eines Tages deinen Mann jeden Morgen zur Toilette begleiten musst, um seine Windeln zu wechseln, verschwinden die schönsten Liebesgefühle."

Es entstand eine Pause, und ich merkte, dass meine Hand, die den Hebel hielt, anfing zu zittern.

„Wer bist du?", fragte sie schließlich.

„Ich bin, der ich bin."

„Weiche mir nicht aus."

„Das war ein Zitat."

„Ein ...? Nein, das ist lächerlich, das kann nicht sein."

„Warum nicht? Vor zweitausend Jahren war es doch auch möglich. Aber ich gebe dir recht: Auch damals haben sich viele geweigert, sich vorzustellen, dass Gott als Mensch auf der Erde erschien."

„Beweise diese ungeheuerliche Behauptung!"

„Das Bootsunglück reicht dir nicht?"

„Das hättest du irgendwie herausbekommen können."

„Soll ich über dem Tisch schweben oder das Mineralwasser auf dem Tisch in Sekt verwandeln? Oder soll ich mich unsichtbar machen und durch die Wand gehen?"

„Ist das ernst gemeint?"

„Ich könnte es tun, aber nichts würde dich wirklich überzeugen. Du würdest hinter allem einen Trick vermuten. Man kann echten Glauben auch durch Wunder nicht erzwingen, höchstens ein Strohfeuer anzünden, das bald erlischt. Erinnere dich an deine ersten Jahre unserer Beziehung. An deine heimlichen Gebete auf dem Dachboden, an deine kleine Andachtsecke und an den Frieden, den du empfangen hast."

Matthiesen sagt nichts, und ich vermutete, dass sie sprachlos war.

„Wo ist Frida?", fragte Jeschua in die Stille hinein.

„Sie ... sie ist hier bei uns. Aber ich bin nicht sicher, ob sie mit euch gehen will. Du kannst sie gerne fragen. Sie ist frei."

„Und warum habt ihr bei der Polizei gesagt, sie sei nicht hier?"

„Die Polizei hätte sie mit Gewalt mitgenommen, und unsere illegalen Praktiken wären aufgeflogen, aber du ... du achtest doch angeblich so sehr die Freiheit des Anderen. Hab ich recht?"

Ich hatte genug gehört und bewegte den Hebel langsam wieder zurück. Dann setzte ich mich und schüttelte meine Hand.

Daran hatte ich überhaupt nicht gedacht, dass eine Gefangene, die wir befreien wollten, vielleicht gar nicht befreit werden wollte.

24

Zehn Minuten später saßen wir im Auto. Ich fuhr, und Jeschua und Frida hatten die hinteren Plätze eingenommen.

„Und es ist wirklich wahr, dass ich jederzeit zu INFEA zurückkann, wenn ich will?", fragte Frida, und mir wurde das Herz schwer, als ich an ihre Eltern und an ihren Großvater dachte.

„Ja, wenn du willst, kannst du zurück, aber vorher müssen wir miteinander ausführlich reden."

„Es ist einfach toll dort!" Fridas Stimme überschlug sich vor Begeisterung. „Wir dürfen schlafen, wann wir wollen oder überhaupt nicht. Man kann sich alle möglichen Spiele bestellen. Und wenn einem das Essen nicht schmeckt, lässt man es stehen oder wirft es gegen die Wand."

„Und wer wischt es auf?"

„Niemand. Aber irgendwann, erzählen die anderen, hat man den Gestank so über, dass jemand es wegkehrt."

„Wahrscheinlich immer dieselben."

„Und man kann alle verbotenen Filme ansehen, Liebesfilme mit Sex und so. Die Jungen hängen bei den Gewaltfilmen ab."

„Geht denn überhaupt jemand zur Schule?"

„Ja, komischerweise. Wer mehr weiß, hat Vorteile. Und es gibt sagenhafte Sporthallen, alles unterirdisch. Opa und ich haben uns gewaltig getäuscht. Das sind alles total nette Leute. Die geben sich mit uns wirklich Mühe und halten sich zurück. Wir werden angehalten, jeden Tag aufzuschreiben, was wir erlebt haben. Es gibt keine Geheimnisse."

„Fantastisch", knurrte ich, als ich in Fridas Straße einbog.

„Ja, es ist fantastisch!", nickte Frida, die meinen sarkastischen Unterton überhört hatte.

„Sag mal, Frida, warum hast du dich denn nicht gemeldet?", fragte ich.

„Ein Lehrer hat mir gesagt, dass er bei meiner Mutter anruft und hat mir mein Smartphone abgenommen. Er hat auch versprochen, dass er der Schule Bescheid sagt."

„Versprechen gebrochen", murmelte ich.

Als wir vor Utas Haus hielten, sagt Jeschua kurz: „Lass mich zuerst die Verwandten vorwarnen, dann kommt ihr nach."

Während Jeschua klingelte und Fridas Mutter schonend darauf vorbereitete, dass ihre Tochter gar nicht befreit werden wollte, erzählte Frida ununterbrochen von dem, was sie alles bei INFEA machen konnten: „Und es gibt natürlich jede Menge Süßigkeiten und Leute, die uns beim Sport filmen und ..."

Ich unterbrach sie: „Wird es euch denn nicht schlecht, wenn ihr ungebremst alles Süße in euch reinstopft?"

Frida zuckte mit den Schultern. „Klar. Wenn du kotzen musst, isst du halt davon das nächste Mal weniger."

„Los, komm, deine Mutter möchte dich gerne sehen."

Wir stiegen aus. „Aber danach fährst du mich gleich wieder zum Institut zurück?"

„Wenn, dann morgen früh."

„Aber ich bin nicht müde!"

Den Eindruck hatte ich auch. Ob sie irgendwelche Aufputschmittel genommen hatte? Drogen wahrscheinlich.

„Wann hast du denn das letzte Mal geschlafen?

„Ich glaube, als ich bei Opa war."

Die Tür wurde aufgerissen, und Fridas Mutter stand da. „Frida! Da bist du ja endlich! Wir hatten schon mit dem Schlimmsten gerechnet" Sie umarmten sich. Mit der linken Hand wischte Uta die Tränen ab. „Komm rein, ich habe dein Lieblingsessen gekocht: Spaghetti mit Pesto."

Völlig unbeeindruckt redete Frida weiter, erzählte von der großen Sporthalle und dass nichts verboten wird und dass sie sich mit einem Mädchen angefreundet hätte und wann sie denn wieder zurück dürfe.

„Jetzt essen wir erstmal!", bestimmte ihre Mutter.

„Wir ... wir essen auch nicht zu bestimmten Zeiten, sondern nur, wenn man Hunger hat und..."

Ansgar Kolnik, der umständlich Platz genommen hatte und seine Enkelin besorgt betrachtete, neigte den Kopf und betete: „Komm, Herr Jesus, sei du unser Gast und segne, was du uns bereitet hast. Amen."

„Also, Papa", sagte seine Tochter, „diesmal hätte ein schlichtes Dankgebet bestimmt besser gepasst."

Jeschua blickte Uta an und sagte lächelnd: „Glauben Sie mir, noch nie hat dieses Gebet so gut gepasst wie jetzt, denn es hat sich erfüllt!"

„Ich verstehe nicht, was Sie damit meinen, aber Hauptsache, Frida ist wieder da."

Fridas Großvater hatte bei Jeschuas Worten überrascht aufgeblickt, dann hatte er Jeschua genauer betrachtet und war nachdenklich geworden. Ich hatte den Eindruck, dass er den Wink Jeschuas verstanden hatte, aber jetzt vermutlich darüber nachdachte, ob das, was er vermutete, wirklich sein könnte.

Das Essen nahm seinen Gang.

Ich sagte: „Übrigens hat Frida seit vorgestern nicht mehr geschlafen."

„Ja!", rief Frida mit vollem Mund. „Niemand muss bei uns schlafen. Nur wenn man müde ist."

„Bei uns?“, wiederholte Uta und seufzte.

Nach einer Weile stand Jeschua auf und sagte zu Frida: „Komm, wir setzen uns auf die Couch, und du erzählst mir genau, wie du ins Institut gekommen bist.“

Er nahm Frida einfach an die Hand, und ging mit ihr ein paar Schritte weiter. Sie setzten sich, und wir hörten, wie es weiter aus Frida heraussprudelte. Aber dann wurde ihr Redefluss etwas langsamer und leiser, und als ich das nächste Mal auf die Couch blickte, lag sie zusammengerollt wie eine Katze auf den Polstern und schlief fest. Jeschua breitete eine Decke über sie und kam wieder an den Esstisch.

„Ich hoffe, dass Sie sich wieder gesundschläft. Aber die Erinnerung an ein fantastisches Haus bleibt, wo einem nichts verboten wird. Ich bin morgen noch da, und vielleicht gelingt es mir, ihr alles zu erklären. Aber es ist nicht einfach, weil sie Drogen bekommen hat. Die Vorstellung eines Lebens ohne Grenzen sitzt tief. Sie weiß ja nicht, dass es auf Dauer nicht lebbar ist.“

„Und wo gehen Sie dann hin?“, fragte Uta.

„Ich werde die anderen INFEA-Institute aufsuchen, um diese grauenhafte Experimente zu stoppen. In Europa verstoßen sie gegen geltendes Recht. Da kann man offiziell vorgehen, aber in anderen Ländern wird es schwieriger sein.“

„Wie sollen wir denn mit Frida am besten umgehen, wenn sie aufwacht?“, fragte Ansgar Kolnik.

„Hören Sie ihr einfach nur zu, wenn sie erzählt. Die Erlebnisse müssen heraus. Das ist schon mal ein erster Schritt. Ich komme morgen noch einmal vorbei und schaue nach ihr.“

„Und wenn Sie uns bittet, dass wir sie wieder dorthin zurückbringen?“

„Sagen Sie ihr, die Schule sei inzwischen geschlossen worden.

Sie kann nicht mehr zurück. Das wird sie zunächst schockieren, aber mit der Zeit wird sie es vielleicht akzeptieren."

„Wird die Schule wirklich geschlossen?", fragte ich.

„Ja", sagte Jeschua kurz und bestimmt. „Drogenmissbrauch bei Kindern."

Er stand auf und nickte mir zu.

„Und ... wie war nochmal Ihr Name?", fragte Kolnik.

„Josua Davidsen."

„Aha. Ja, das macht Sinn, wenn es das ist, was ich ahne."

„Vertrauen Sie Ihrer Ahnung."

„Das ist mir jetzt alles zu hoch", ließ sich Uta vernehmen. Auch sie stand auf. „Ich kann Ihnen jedenfalls nicht genug danken, dass Sie mir meine Tochter zurückgebracht haben."

Wir verabschiedeten uns und fuhren zurück. Diesmal saß Charlotte wieder am Steuer. Ich fragte mich, ob Jeschua überhaupt Auto fahren konnte.

Zuerst war es still, nur der Motor brummte durch die Nacht.

Dann sagte Charlotte: „Und das alles in unserer kleinen Stadt! Ich kann nur hoffen, dass Frida zu sich selbst zurückfindet. Aber der Großvater mit seinem Gebet war klasse. Ich hätte mich wegschmeißen können, als er anfing: ‚Komm, Herr Jesus sei du unser Gast ...'"

„Ja, ich fühlte mich gleich eingeladen", meinte Jeschua.

„Was wird eigentlich jetzt aus der Leiterin, Renate Matthiesen?", fragte ich.

„Sie steht zurzeit noch unter Schock, weil ihr allmählich aufgeht, dass sie eine Organisation vertreten hat, die das Leben zerstört, obwohl alles so positiv aussieht. Sie wird sich vor Gericht verantworten müssen."

Wir kamen wieder zu Hause an. Ich war zwar müde, aber auch irgendwie aufgedreht und sagte: „Noch ein Glas Rotwein?"

Als wir kurze Zeit später noch zusammensaßen, meinte Jeschua: „Morgen, wenn ich mit dem Besuch bei Frida fertig bin, werden wir uns ein paar Wochen lang nicht sehen. Mit INFEA habe ich genügend zu tun. Außerdem muss ich noch nach Moskau, Teheran und China."

Ich stellte das Glas ab. „Du willst uns verlassen?"

„Vorübergehend. Wir treffen uns kurz vor Weihnachten in Québec. Ich meine die Stadt, nicht die Provinz."

„Was?" Charlotte starrte Jeschua entgeistert an.

„Wieso gerade Québec?"

„Eine Stadt mit wenig Glauben. Viele Kirchen sind geschlossen."

„Und Weihnachten?"

„Weihnachten diesmal in Kanada. Endlich werdet ihr mal wieder weiße Weihnachten erleben, das ist doch schön, oder?"

„Und was heißt kurz vor Weihnachten?"

„Das genaue Datum gebe ich euch rechtzeitig durch. Bucht auf jeden Fall eine großzügige Ferienwohnung ab dem Einundzwanzigsten, nicht zu weit von der Altstadt entfernt. Ihr habt ja noch meine Kreditkarten."

„Das ist ... aber eine Überraschung", meinte Charlotte. „Québec!"

„Ja. Und poliert eure Französischkenntnisse auf. In Québec sprechen die Leute nicht so gern Englisch. Ihr werden dort Menschen treffen, die ihr schon immer mal treffen wolltet. Es ist meine letzte Mission, bevor ich in die unsichtbare Welt verschwinde."

„Kannst du uns nicht einen Tipp geben, wen wir dort treffen?"

„Zum Beispiel Menschen aus einem anderen Universum."

„Aus ... aus einer anderen Galaxie?" Ich starrte Jeschua entsetzt an.

„Nein, ich meinte Universum", wiederholte er. „Obwohl das eine andere Galaxie nicht ausschließt. Ihr müsst in größeren Zusammenhängen denken!"

Teil IV

Aufstehen

25

Wir standen noch lange am Fenster und sahen Jeschua hinterher, als er zwei Tage später ins Taxi stieg und zum Bahnhof fuhr.

Mehr als zwei Monate lang würden wir ihn nun nicht mehr sehen.

Schon jetzt merkten wir, dass wir ihn vermissten. Aber was genau war das, was wir vermissten?

Einen Freund? Das auf jeden Fall, aber nicht nur.

Jemanden aus einer anderen Welt, der unzerstörbar war? Vielleicht.

Einen Seelsorger? Es gibt nur wenige Menschen, die wie er mit wenigen Worten Leute aus der Reserve locken konnten, um mit ihnen über ihre geheimsten Probleme zu reden, ohne, dass es ihnen peinlich gewesen wäre.

Wahrscheinlich würden wir alles zusammen vermissen.

Es war seltsam. Obwohl er gegangen war, stellten wir uns oft vor, was er bei einer bestimmten Situation sagen oder machen würde:

Wenn ein Amokläufer plötzlich im Supermarkt seine Kanone zieht, zum Beispiel. Was würde Jeschua dann tun?

Vermutlich würde er die innere Zerrissenheit und die Einsamkeit dieses Mörders sehen und sich mit ihm unterhalten.

Was würde er tun, wenn ein Machthaber sein eigenes Volk in einem sinnlosen Krieg opfert? Könnte er ihn noch beeinflussen oder würde selbst er nicht zu ihm durchdringen? Hätte Jeschua im deutschen Widerstand mitgemacht, um Hitler zu ermorden? Hätte er Hitler umstimmen können?

Hätte Jeschua damals in Jerusalem Herodes verändern können?

Vielleicht. Aber er hat es nicht gemacht. Warum hat er Kaiphas, dem Hohepriester, freie Hand gelassen? Mit seiner seelsorgerischen Begabung hätte Jeschua auch ihn gewinnen können. Oder sind auch Gott Grenzen gesetzt? Die Grenzen menschlicher Freiheit?

Wir verfolgten jeden Tag die Nachrichten in der Hoffnung, dass irgendetwas Ungewöhnliches passieren würde. Zunächst ging die Nachricht um die Welt, dass viele INFEA-Institute ihren Betrieb schließen mussten, weil bei ihren Schulprojekten Unregelmäßigkeiten ans Tageslicht gekommen waren.

Zwei Tage später passierte etwas, das nur mit Jeschua zu tun haben konnte.

Das bärtige Gesicht eines IS-Kämpfers flimmerte durch unser Wohnzimmer. Er gab vor laufender Kamera Interviews auf Englisch. Ein intelligenter Bursche, redegewandt, mit einem offenen Gesicht.

Er erklärte, dass er sich endgültig von den Zielen des Islamischen Staates distanziert habe.

„Was hat Sie bewogen, sich von der Bewegung loszusagen?", fragte ihn eine junge Reporterin.

„Ich habe zum ersten Mal den Koran ernsthaft gelesen. Obwohl ich arabisch verstehe, hatte ich nie den Versuch unternommen, die Quellen meiner eigenen Religion zu studieren. Ich hatte alles geglaubt, was man mir über den Islam erzählte, besonders über den Kampf gegen die Ungläubigen.

Zuerst fand ich eine Bestätigung meiner Ansichten. Ja, der Koran hat tatsächlich viele Stellen, die man dazu benutzen kann,

Andersgläubige zu töten. Aber es gibt auch viele Verse, die zum Frieden aufrufen. Auch die Bibel ist an vielen Stellen sehr gewalttätig und ruft gleichzeitig zur Versöhnung der Feinde auf.

Ich habe mich aber auch gefragt, warum es so wenig Selbstmordattentäter unter den Christen und Juden gibt ..."

„Und Sie haben das alles selber herausgefunden?"

„Nein. Ich habe einen jüdischen Gelehrten getroffen, der sich in beiden Religionen auskannte und mit mir tagelang geredet hat, ohne mich in die Enge zu treiben."

„Ist es ein bekannter Gelehrter?"

„Nein. Ich kannte ihn jedenfalls bisher nicht und habe mich überhaupt gewundert, wie er es geschafft hat, in unserer Gruppe aufzutauchen. Seinen Namen möchte ich lieber nicht verraten."

„Ist es denn nicht aufgefallen, wenn Sie sich so lange mit ihm unterhalten haben?"

„Ich bin immer heimlich in der Nacht zu ihm gegangen."

„Und was hat bei Ihnen letzten Endes den Umschwung gebracht?"

„Er hat mir klargemacht, dass Gott den Mord an Andersgläubigen niemals gutheißen kann und dass man bestimmte Stellen anders verstehen muss. Christen und Juden haben eine lange Geschichte der Interpretation ihrer Heiligen Schriften hinter sich und können mit kritischen Stellen besser umgehen. Jedenfalls ist in mir – wie soll ich sagen – etwas umgeschlagen, als ob ein Schalter umgelegt worden sei, und ich fühlte einen so starken Abscheu vor dem, was ich vorher getan habe, dass ich geflohen bin ..."

„Und haben Sie keine Angst, dass der IS Sie verfolgt, wenn Sie solche Interviews geben?"

„Damit muss ich rechnen. Aber ... ich bin es den Menschen schuldig, die wir umgebracht haben, dass die Wahrheit ans Licht kommt. Wenn man mich deswegen umbringt, dann ist es wenigstens wegen einer guten Sache. Ich habe keine eigene Familie, auf die ich Rücksicht nehmen müsste."

Charlotte und ich schauten uns an.

„Das kann nur Jeschua gewesen sein", meinte ich.

Sie nickte. „Das schafft sonst keiner."

Seit dieser INFEA-Geschichte hatten wir übrigens verstärkt Kontakt mit Fridas Familie gehabt.

An einem Samstagnachmittag hatten wir Frida und ihren Großvater zum Kaffee eingeladen. Ich wollte sehen, ob Frida es schaffen würde, von dem INFEA-Einfluss wegzukommen.

Sie war lebhaft wie immer, erzählte von einem neuen Projekt ihrer Schule, ein Musical, bei dem die Schüler die Texte schrieben und eine Klasse in der Musikhochschule in Köln die Musik dazu komponierte.

Auf Charlottes vorsichtige Frage, wie Frida denn jetzt ihre Zeit in INFEA sehen würde, meinte sie nur: „Es war wie ein Traum. Klar, ich weiß jetzt, dass es auf Dauer nicht funktioniert hätte. Oder es hätte uns so verändert, dass wir zu eingebildeten Ekeln herangewachsen wären ... aber ab und zu träume ich noch von dem ungebundenen Leben."

Ansgar, ihr Großvater, mit dem wir inzwischen zum Du übergegangen waren, räusperte sich und fragte uns: „Was ich eigentlich schon immer wissen wollte: Kennt ihr diesen Josua näher? Er hat so merkwürdige Andeutungen gemacht, sodass man fast glauben könnte, er sei ..." Er stockte.

„Opa meint", fuhr Frida fort und steckte sich ein Stück Torte in den Mund, „dass euer Freund Jesus sein könnte."

„Das ist gar nicht so seltsam", begann ich. „Josua ist nur sein Deckname, damit es nicht gleich auffällt. Sein richtiger Name lautet: Jeschua. Das ist die hebräische Form von Jesus. Er ist tatsächlich wiedergekommen, nur mit dem Unterschied, dass er inzwischen auferstanden ist und einen anderen Körper hat. Unzerstörbar und unglaublich wandlungsfähig. Er kann durch Wände gehen oder ein Auto bei laufender Fahrt aufhalten. Er kann über das Meer gehen und auch plötzlich verschwinden. Wenn jemand auf ihn schießt, lacht er nur."

Frida starrte mich mit großen Augen an.

„Abgefahren", meinte sie nur. „Wie Supermann. Er hatte total warme Hände."

„Ja, das stimmt. Das fiel mir am Anfang auch gleich auf."

Ansgar meinte: „Jetzt verstehe ich auch, warum ihn mein Gebet so amüsiert hat."

„Welches Gebet denn?", fragte Frida.

„Komm, Herr Jesus, sei du unser Gast ..."

Frida sprühte plötzlich Kuchenkrümel über den Tisch und lachte sich kaputt.

Es wurde November, die Bäume verloren ihre Blätter, der Himmel sah an manchen Tagen wie aus Blei gegossen aus, und man musste aufpassen, dass man auf den nassen Blättern nicht ausrutschte.

Ansgar hatte seine Beobachtungen aufgegeben. Das perfekte Haus gegenüber wurde zum Verkauf angeboten und sah nicht mehr ganz so perfekt aus. Nicht nur, dass der Rasen seit September unordentlich über die Kanten gewachsen war, es lag auch eine grüne Gießkanne unter einer Schaukel, und niemand stellte sie in den Schuppen. Papierabfälle lagen herum, buntes Laub hatte sich in den Ecken des Gartens angesammelt, und keine Männer im Blaumann waren gekommen, um es aufzusammeln.

Charlotte hatte in Québec eine großzügige Ferienwohnung in der Rue du Roi gefunden, zwanzig Gehminuten von der Altstadt entfernt. Wir schauten uns ab und zu die Temperaturen im Osten Kanadas an und fingen schon an zu frösteln, wenn wir minus zehn Grad lasen.

Warum konnte sich Jeschua nicht auf Madeira oder auf den Kanaren aufhalten?

Eine Woche später erhielten wir die Nachricht, dass er uns am Dreiundzwanzigsten am Nachmittag in unserer Ferienwohnung treffen wolle, wir sollten ihm unsere Adresse schicken.

Wir besorgten uns Flugtickets, packten unsere dicksten Pullover ein, durchwühlten unsere Wintergarderobe nach gefütterten Handschuhen und Mützen. Ich kaufte mir schließlich eine Pelzmütze, eine von diesen russischen Modellen mit den Ohrenklappen.

Beide waren wir natürlich gespannt auf die Gäste aus einem anderen Universum oder einer anderen Galaxie, jedenfalls würden das Leute sein, die einen extrem langen Anfahrtsweg hatten.

Obwohl es eigentlich nicht sein konnte. Das nächste Sonnensystem innerhalb unserer eigenen Galaxie war viereinhalb Lichtjahre entfernt. Wie sollte ein Mensch diese riesige Entfernung überwinden können? Entweder hatte Jeschua seinen Besuch von langer Hand vorbereitet, oder ...? Nein, selbst dann – ein Mensch kann nun mal nicht mit Lichtgeschwindigkeit reisen, das gibt es nur in Science-Fiction-Filmen.

Wie würden diese Menschen überhaupt aussehen? Hatten sie vielleicht drei Augen und vier Arme? Und welchen Arm müsste man dann beim Begrüßen schütteln? Waren sie so groß wie wir, oder so klein, dass man sie in eine Sporttasche stecken konnte wie einen Schoßhund? Und in welcher Sprache redeten sie? Hatten sie vielleicht Schuppen statt Haut oder waren sie ganz behaart oder vielleicht mit Federn bedeckt? Alles möglich. Die Evolution hätte auf einer anderen Galaxie andere Wendungen nehmen können ...

Jedenfalls, mit einer gewissen Spannung stiegen wir am Einundzwanzigsten Dezember in Frankfurt in den Flieger. Es gab einen Direktflug Frankfurt-Montréal, und das letzte Stück nach Québec wollten wir mit dem Bus fahren, um die Landschaft entlang des St. Lorenzstroms kennenzulernen.

Wir kamen morgens am Zweiundzwanzigsten an. Es war alles tief verschneit, achtzehn Grad minus. Zum Glück konnten wir direkt vom Flughafen bis zum Gare de Palais, Québecs Bahnhof, durchfahren.

Der St. Lorenz-Strom war breiter, als ich gedacht hatte. Eisschollen trieben auf dem Wasser, und verschneite Wälder zogen an uns vorbei. Wir fuhren durch kleine Städte mit bunten Holzhäusern und abenteuerlich angebrachten Stromleitungen. Viele hatten Zelte aufgestellt, in denen sie ihre Autos parkten. Industrieviertel schlossen sich an, einfallslos wie in Europa.

Als wir an dem palastartigen Bahnhof in Québec ankamen, suchten wir auf der Karte unser Quartier, das nicht weit entfernt lag, und überlegten, ob wir nicht einfach zu Fuß losgehen sollten. Aber dann sahen wir die Gehwege, entweder voller Schnee oder mit Salz und dunklem Split bestreut. Das würde unseren Rollkoffern nicht gut bekommen.

Also nahmen wir ein Taxi und redeten so gut es ging auf Französisch. Der Fahrer merkte wohl, dass es nicht unsere Muttersprache war und unterhielt sich mit uns gleich auf Englisch.

Er komme aus Indonesien und lebe schon seit zwanzig Jahren in Kanada.

Wir fuhren an einem tief verschneiten Park vorbei, wo die Sitzflächen der Schaukeln unter der Schneedecke lagen und hielten schließlich in einer kleinen Straße vor einem Haus mit einer roten Tür. Es war gar nicht so einfach, die Mauer aus Schnee zu überwinden, die die Räumfahrzeuge aufgehäuft hatten. Aber auch das gelang.

Unsere Gastgeber wohnten nebenan und halfen uns, mit dem Gepäck die steile Treppe zu bewältigen. Die Ferienwohnung lag über ihrer Garage.

Ein großzügiger Flur mit Esstisch, eine moderne Küche, und auf dem schneebeladenen Balkon wanden sich Lichterketten um Kiefernzweige.

Fünf oder sechs gigantische Eiszapfen hingen von dem Nachbardach herunter.

„Québec hat eine Unter- und Oberstadt", sagte René, der Vermieter. „Es gibt zahlreiche Holztreppen und an einer Stelle einen Aufzug, der euch nach oben bringt."

Wir stellten die Koffer ab, bedankten uns, und als unsere Gastgeber gegangen waren, sanken wir in die Sessel im Wohnzimmer.

Es war gut geheizt, draußen hatte die Dämmerung eingesetzt, und der Schnee fiel lautlos aus dem Himmel.

„Ich könnte jetzt einen heißen Tee vertragen", meinte Charlotte und stemmte sich aus dem tiefen Sessel.

„Gute Idee, wenn es Teeblätter gibt."

Charlotte war schon bei den Schubladen und rief: „Es gibt!"

Wir tranken Tee und knabberten an den mitgebrachten Weihnachtskeksen.

„Eigentlich hätten wir es schlechter treffen können", meinte ich.

„Also, mir gefällt es hier", sagte meine Frau und seufzte vor Behagen.

„Weißt du was", sagte ich, „ich geh noch mal raus und drehe eine Runde. Außerdem kann ich gleich mal ein paar Sachen zum Abendessen und Frühstück besorgen."

„Der Mann erkundet die fremde Umgebung, um die Wölfe in Schach zu halten", meinte Charlotte spöttisch. „Ich möchte am liebsten die Koffer gleich auspacken und die Sachen in die Schränke räumen."

„Wunderbar", sagte ich, „perfekte Arbeitsteilung", zog Stiefel, Handschuhe Schal und Mütze wieder an, griff nach dem Schlüsselset und polterte die Stufen hinunter.

Inzwischen war es richtig dunkel geworden, und das Schneetreiben hatte zugenommen. Es sah aus, als ob aus den Straßenlaternen der Schnee herausströmte. Auf meiner Gesichtshaut prickelte es wie von hundert kleinen Nadelstichen. Aber ich fand es herrlich. Die kalte, frische Luft, der Schnee, der unter den Stiefeln knirschte und die Stadt, eingehüllt von einer Schneedecke. Ab und zu dröhnte ein Fahrzeug vorbei mit riesigen Schaufeln und schob den salzigen Schneematsch zur Seite.

Ich kam an kleinen Möbelgeschäften vorbei, an einer weißen Kirche mit einer Marienstatue im Vorgarten und las, dass in den Räumen eine Wohltätigkeitsorganisation untergebracht war.

Die Straßen wurden breiter. Hotelkomplexe und Kaufhäuser beherrschten jetzt das Bild, und Busse rauschten vorbei. Ich zog meinen Schal über den Mund, weil es allmählich ungemütlich wurde.

Da las ich ein Schild: Supermarché. Genau danach hatte ich gesucht.

Ich trat ein und kam mir vor wie in Deutschland. Die Regale vollgepackt mit Lebensmitteln, allerdings mit gepfefferten Preisen. Der billigste Wein kostete elf kanadische Dollar, ungefähr neun Euro. In dem Supermarkt war es so warm, dass ich meine Pelzmütze und die Handschuhe auszog. Ich kaufte alles ein, was man in den nächsten Tagen brauchen könnte: Brot, Milch Butter, Aufstrich, Knabberkram, Wein, Wasser, zahlte mit Jeschuas Kreditkarte und ließ den Betrag von seinem himmlischen Konto abbuchen. Keine Ahnung, ob es irgendwo eine echte Bank gab, von der dieses Geld abging. Ich wollte es im Grunde gar nicht wissen. Hauptsache, es funktionierte, und wenn die Karte von Jeschua kam, war es sicher kein Betrug.

In den Evangelien gab es eine Geschichte, wo Jesus aus einem gefangenen Fisch eine Silbermünze entnahm. Er hatte wahrscheinlich schon damals ungewöhnliche Methoden gehabt, zu Geld zu kommen.

Ich trat mit meinen schweren Tüten nach draußen, und ein eiskalter Wind wehte mir ins Gesicht. Schnell zog ich Mütze und Handschuhe wieder an und stemmte mich gegen den Wind. Meine Augen tränten.

Da sah ich vor mir eine Menschenmenge. Hauptsächlich junge Leute drängten sich um den Eingang einer Bar. Ich konnte es nicht glauben, aber zwei Männer standen im Pullover herum, ohne Handschuhe, und rauchten.

Unglaublich diese Kanadier, dachte ich, abgebrüht bis auf die Knochen.

Eine Frau hatte sich jetzt auf eine kleine Mauer gestellt und hielt eine Ansprache auf Französisch. Auch ihr schien die Kälte nichts anzuhaben. Sie hatte nicht einmal einen Schal um und sah ungewöhnlich gut aus.

Ich verstand ein paar Wortfetzen: „Dieu ... toujours ... nous aime ...“

Bizarr, dachte ich, eine religiöse Ansprache über Gott, der uns ständig liebt, in der Eiseskälte vor einer Bar.

So unreligiös konnten die Kanadier eigentlich doch nicht sein, überlegte ich mir und hastete weiter. Ich wollte möglichst schnell in unsere warme Wohnung zurück.

26

Fünf Minuten später stand ich wieder vor dem roten Eingang und drückte bibbernd auf die Klinke. Die erste Tür, das hatte ich hier schon gesehen, war meistens offen, und man trat in einen schmalen Windfang. Das fand ich ganz praktisch. So war man gleich vor dem Wetter geschützt und konnte in Ruhe den Schlüssel für die zweite Tür suchen.

Je höher ich die engen Stufen nach oben stieg, desto wärmer wurde es. Und als ich dann die Wohnungstür öffnete und in unseren Flur kam, war es, als ob ich eine andere Welt beträte.

Charlotte hatte ein paar rote Papiersterne mit Tesafilm an die Fenster geklebt. Eine Stehlampe verbreitete ein angenehmes, warmes Licht, und die Thermoskanne mit dem heißen Tee stand noch auf dem Tisch. Schnell zog ich die Stiefel aus und stellte sie auf eine Ablage zum Abtropfen. Dann räumte ich die Einkäufe in die leeren Schränke, goss mir einen Becher Tee ein und hörte aus dem Badezimmer Duschgeräusche.

Draußen, auf dem Balkon, im Licht der Weihnachtsbeleuchtung, wuchs der Schnee auf dem Geländer und war schon dabei, seitlich wegzurutschen. Eine Krähe hüpfte auf einen Ast und blickte mich mit schräg geneigtem Kopf an, obwohl sie mich bestimmt nicht sehen konnte.

Ich finde, dass nächtlicher Schneefall, wenn man gemütlich in einem warmen Zimmer sitzt, etwas unglaublich Beruhigendes hat. Man müsste abends, wenn der Schnee ausbleibt, einen riesigen Monitor aufstellen mit permanentem Schneefall in einer Endlosschleife.

Die Badezimmertür ging auf, und Charlotte erschien im Badetuch mit feuchten Haaren. Gleichzeitig klingelte es.

Wir schauten uns an. Wer konnte das sein? Wer wusste überhaupt, dass wir hier wohnten? Waren es vielleicht unsere Vermieter? Oder kam Jeschua schon einen Tag früher?

Charlotte verschwand im Schlafzimmer, um sich anzuziehen, und ich zog die Hausschuhe über die dicken Socken und stieg neugierig die Stufen hinunter.

Tatsächlich stand Jeschua in einen Mantel gehüllt draußen, zusammen mit drei jungen Leuten.

„Dürfen wir reinkommen?“, fragte er. „Ich weiß, wir sind einen Tag früher als verabredet hier. Ich hoffe, ihr seid spontan!“

Ich hatte es zwar geahnt, dass es Jeschua sein könnte, aber ihn wiederzusehen, war einfach großartig, und ich war gespannt auf die Gäste, die aus einer anderen Galaxie kommen sollten, obwohl sie ganz normal aussahen. Na ja, sie sahen auf den ersten Blick überdurchschnittlich gut aus. Und sie hatten weder einen schleimigen Rüssel im Gesicht noch drei Arme.

Als wir alle oben angekommen waren und ich mir die jungen Leute näher ansah, stutzte ich. Die Frau kannte ich. Sie war diese gut aussehende Frau, die vorhin nur im Pullover eine Ansprache gehalten hatte.

„Zieht eure Schuhe aus“, schlug Jeschua seinen Bekannten vor, „sonst wird der ganze Boden feucht.“

Von unten hörte ich irgendwelche Geräusche.

Jesus öffnete die Wohnungstür und rief hinunter: „Wir sind hier oben.“

Ich war etwas durcheinander und fragte: „Kommen denn noch mehr?“

„Nein, das sind vorerst die letzten“, erklärte er mir. Ich sah zwei Mädchen heraufkommen. Sie hatten zwar Mützen auf, aber es sah so aus, als seien sie nur Dekoration.

Inzwischen war Charlotte aufgetaucht, begrüßte Jeschua überschwänglich und bemühte sich, zu den anderen Gästen höflich zu sein.

Jeschua stand in der Küche und machte Wasser heiß für eine große Kanne Tee.

Ich verteilte den ganzen Knabberkram, den ich gerade eingekauft hatte, auf ein paar Schälchen.

Aus einem der Zimmer holte ich noch drei Stühle, dann setzten wir uns ins Wohnzimmer um eine Holzkiste herum, die als Couchtisch diente und sehr stylisch wirkte.

„So", sagte Jeschua. „Jetzt ist es wohl an der Zeit, dass ich ein paar Dinge erkläre."

„Ja, wir sind ganz Ohr", sagte ich. Ich fühlte mich total entspannt. Es war, als würden die Besucher eine Wolke von guter Laune mitbringen und sie unauffällig im Zimmer verteilen.

Wir tranken ein paar Schlucke Tee und sahen Jeschua erwartungsvoll an.

„Wie ich euch versprochen habe, habe ich Gäste mitgebracht, die von sehr weit herkommen." Er deutete auf die junge Frau und sagte:

„Tsu-an Lis Heimatplanet ist ungefähr vierzig Lichtjahre entfernt, und Saron und Artano sind Brüder aus einem ganz anderen Universum. Die beiden Mädchen Suween und Galantia kommen von einem Planeten aus einer anderen Galaxie."

„Das versteh ich nicht", wunderte sich Charlotte. „Wie ist das denn möglich? Erstens sehen sie aus wie wir, und man kann doch nicht einfach vierzig Lichtjahre überwinden."

Tsu-an Li lächelte und fragte: „Habt ihr denn gedacht, dass

Menschen von anderen Planten wie Monster aussehen müssten?"

„Na ja", meinte ich. „Unsere Schönheitsideale sind ja subjektiv, und ... und woanders gelten vielleicht andere ästhetische Konzepte. In den Filmen, die ich gesehen habe, sehen die Wesen von anderen Planeten meistens ekelhaft aus, wenn sie sich in ihrer wahren Gestalt zeigen."

„Aber es ist ja doch der gleiche Gott hinter allem", meinte einer der Brüder. „Warum sollte er denn ein Erfolgskonzept wie den Menschen immer wieder anders entstehen lassen?"

„Also", fing ich an, „ich kann mich ganz gut damit abfinden, dass Tsu-an Li und die beiden Mädchen mit dem unaussprechlichen Namen super aussehen. Trotzdem bleibt die Frage nach der Entfernung."

„Das ist gar nicht so kompliziert", mischte sich Jeschua wieder ein. „Meine fünf Freunde sind Engel. Sie haben ihr planetarisches Leben schon hinter sich, sind gestorben und haben jetzt einen ähnlichen Körper wie ich. Lichtjahre sind damit kein Problem. Für uns gelten andere physikalische Gesetze. Wir reisen in der Geschwindigkeit von Gedanken."

„Wahnsinn", murmelte ich, „eine Versammlung von ehemals Toten in unserem Wohnzimmer! Jetzt verstehe ich auch, warum Tsu-an Li im Pullover auf der Straße eine Ansprache gehalten hat, ohne zu frieren. Ich hab sie nämlich vorhin vor einer Diskothek gesehen."

„Ja", sagte sie. „Eis und Schnee sind für uns kein Problem. Wir frieren nur, wenn uns kalte Gedanken streifen."

Einen Augenblick war es still, aber diese Stille störte niemanden, eine unfassbare Ruhe umgab uns wie ein wärmender Mantel. Ich hätte jahrelang hier sitzen können, ohne ein Wort zu sprechen.

„Also, ihr wisst ja“, sagte Jeschua in die Stille hinein. „Wir haben unser eigenes Essen und Trinken, von daher habt ihr keine Umstände mit uns. Und Betten brauchen wir auch nicht.“

„Das heißt“, fing Charlotte an, „dass ihr erstmal bei uns wohnt?“

„Mehr oder weniger. Wir wollen ja nicht nachts im Park herumlungern. Das würde auffallen. Zwar könnten wir uns unsichtbar machen, aber dann müssten wir die irdischen Kleider ablegen. Wir werden also ab und zu hierherkommen.“

Ich trank von dem inzwischen lauwarm gewordenen Tee und goss nach. Mir fiel ein Zitat aus dem Hebräerbrief ein: *Auf diese Weise haben einige, ohne es zu wissen, Engel beherbergt.*

Wobei wir immerhin Bescheid wussten.

„Und warum seid ihr alle hier?“, fragte ich.

Einer der Brüder, ich glaube es war Saron mit den dunklen Haaren, antwortete: „Jeschua hat uns hergebeten. Wir sollen eine neue Gottesbewegung anschieben, in einer Stadt, die von Gott nicht mehr viel hält. Aber es ist nicht einfach. Die Leute wollen zwar mit uns in Kontakt kommen, aber wir vermuten wegen unserer Ausstrahlung. Wir sehen einfach zu gut aus.“

Hm, dachte ich, diese Engel scheinen keine Minderwertigkeitskomplexe zu haben. Vielleicht wird einem das im Himmel abtrainiert.

„Gott findet Vergnügen daran“, meinte sein Bruder, „etwas Neues immer dort entstehen zu lassen, wo man es am wenigsten vermutet.“

„Ja“, nickte eines der gut aussehenden Mädchen, „so, wie in der Geschichte vom Schatz im Acker oder wie damals in Bet-Lächäm, als der Himmel aufriss und wir bei den Hirten gesungen haben und ...“

„Moment mal“, unterbrach ich sie. „Du willst doch nicht behaupten, dass du vor zweitausend Jahren schon mal hier warst, um in Bethlehem bei der Weihnachtsgeschichte mitzuspielen?“

„Weihnachtsgeschichte?“ fragte sie.

„Das ist das irdische Wort für meine erste Ankunft auf dem Planeten Erde“, informierte sie Jeschua.

Ich schaute zu Charlotte hinüber und sah das gleiche ungläubige Erstaunen in ihrem Gesicht.

„Ihr seid noch viel zu sehr in euren Zeitmustern gefangen“, sagte Jeschua. „Zweitausend Jahre sind bei Gott wie eine Sekunde. Aber eine Sekunde könnte auch Jahre dauern. Es kommt immer auf den Zusammenhang an. Galantia ist nach irdischen Maßstäben über zweitausend Jahre alt.“

Ziemlich gut gehalten, dachte ich und blickte in das Gesicht eines jungen Mädchens.

Plötzlich, während wir dasaßen, nachts in einer verschneiten kanadischen Stadt, dämmerte es mir, dass diese Engel mit ihrem Superkörpern keine Ausnahme waren. Ich selbst und meine Frau würden eines Tages nach unserem Tod auch in diesem Zustand sein. Fantastische Aussichten!

„Und was genau habt ihr nun mit Québec vor?“

„Es sind noch andere Engel unterwegs“, sagte Jeschua. „Wir werden überall mit Leuten ins Gespräch kommen und winzige Wortsamen in ihren Gedanken zurücklassen. Es wird in zehn Jahren hier eine gigantische Ernte geben. Eine neue Art des Glaubens wird um sich greifen und neue Formen finden. Die Kirchen werden sich wieder füllen, und die Liturgie wird sich radikal geändert haben.“

„Und wir?“, fragte ich. „Müssen wir jetzt etwa auch auf Mauern klettern und predigen?“

Ein unangenehmer Gedanke, fand ich. Ich war noch nie der

Typ gewesen, anderen mit meiner Botschaft auf die Nerven zu fallen. Artano sah mich an und schüttelte mit dem Kopf. „Keine Angst. Diesmal sind wir die Missionare. Ich weiß, dass das Missionieren nicht jedermanns Sache ist. Steht nicht in eurer Bibel, dass es eine Gabe ist, anderen das Evangelium zu sagen? Es macht nur Sinn, wenn es zu euch passt und aus dem Inneren kommt. Die Nichtglaubenden sind ja nicht dumm. Sie spüren genau, ob jemand aus einer Pflicht heraus redet oder aus dem Herzen."

Ich atmete erleichtert aus. „Da bin ich ja beruhigt."

„Ihr seid dazu da, um alles mitanzusehen und später aufzuschreiben oder aufschreiben zu lassen."

Während Artano redete, fielen mir wieder eine Menge neuer Fragen ein. Wann hat man schon mal einen echten auferstandenen Menschen vor sich? Jeschua hatte mir zwar schon einiges erklärt, aber er war schließlich eine große Ausnahme.

„Wenn wir schon mal bei diesen Themen sind", fing ich an. „Wie ist das eigentlich mit dem Sterben? Ich finde, unsere Bibel ist da etwas verwirrend. Einmal steht da, wenn man stirbt, ruht man im Grab und steht am jüngsten Tag auf, dann wieder hört es sich so an, als ob man sofort nach dem Tod eine Auferstehung erlebt. Schließlich soll Jeschua am Kreuz zu dem einen Verbrecher gesagt haben: *Heute noch wirst du mit mir im Paradies sein?*"

„Schau mich an", sagte Tsu-an Li. „Ich bin schon vor fünfhundert Jahren eurer Zeitrechnung auferstanden, und der jüngste Tag ist noch nicht gekommen."

„Keine Ahnung, vielleicht ist ja vor fünfhundert Jahren dein Planet untergegangen?"

„O nein", widersprach Tsu-an Li. „Mein Heimatplanet existiert noch immer, und ich führe bestimmte Aufgaben durch. Im Augenblick habe ich dort eine Vertretung zurückgelassen."

„Echt jetzt? Gibt es im Himmel eine Urlaubsvertretung?"

„In gewissem Sinn ja."

„Aber wenn das so ist, dass man nach dem Tod sofort aufersteht, warum dann diese komischen Stellen in unserer Bibel?"

Jetzt mischte sich Jeschua ein und sagte: „Meine Freunde kennen sich nur teilweise in der irdischen Bibel aus. Da muss ich etwas aushelfen.

Diese Standpunkte in der Bibel gibt es, weil die Bibel von verschiedenen Menschen gelesen wird. Es gibt Leute, zum Beispiel meine jüdischen Brüder und Schwestern, die konnten sich damals die Auferstehung nur mit ihrem irdischen Körper vorstellen. Sie fanden Trost in dieser Vorstellung, dass der Körper im Grab liegt und am Ende neu belebt und wiederhergestellt wird. Für andere war es klar, dass der irdische Körper zerfällt und nicht mehr zu gebrauchen ist. Sie haben geahnt, dass ein neuer Körper im Inneren heranwächst, der beim Tod frei wird. Die Bibel ist kein Wahrheitslexikon, sondern ein seelsorgerisches Buch."

Jeschua schwieg, und ich dachte über seine Worte nach. Immerhin sah ich fünf oder sechs Auferstandene vor mir sitzen, die bewiesen, dass man nach dem Tod nicht auf die Auferstehung warten muss. Aber dann wäre der Tod ja gar nichts Schreckliches mehr.

„Es kommt natürlich darauf an", sagte das Bethlehem-Mädchen von vorhin, „wo man die Zeit nach der Auferstehung verbringt: Bei Gott im Himmel oder an dem Ort, wo Gottes Gegenwart zurückgehalten wird und man mit der Vorstellung leben kann: Es gibt Gott nicht, und wo man sich gegenseitig auf die Nerven geht ..."

„Du meinst die Hölle?", fragte Charlotte.

„Wir haben dafür ein anderes Wort", sagte das Mädchen. „Wir sagen dazu: *Das Land der eigenen Wünsche.* Wer wünscht, Gott nicht zu begegnen, dessen Wunsch wird respektiert. Manche, die gestorben sind, wissen am Anfang noch nicht einmal, dass sie in einer anderen Welt leben. Sie merken nur, dass der Hass, der Neid, die Schadenfreude und die Wut gigantisch gesteigert sind, weil sie von Gott und seinen Engeln nicht abgemildert werden ..."

„Das Feuer der Hölle", murmelte ich.

„Und hört das denn nie auf?", fragte Charlotte.

„Es könnte sofort aufhören, wenn die Menschen, die im *Land der eigenen Wünsche* leben, sich Gott zuwenden würden. Aber das wollen sie nicht."

„Kann man denn da nicht ein bisschen nachhelfen?"

„Bei Gott", sagte Jeschua, „sind alle Dinge möglich. Aber manchmal sind die Umwege zu ihm gewaltig und langwierig."

Einen Augenblick war es ruhig, aber meine Neugierde war nun einmal geweckt, und so tauchten neue Fragen bei mir auf, also fragte ich einfach weiter. „Und mit eurem Körper kann man da auch ... na ja, sich umarmen und so weiter?"

Eines der Mädchen, die neben mir saß, ich glaube, es war Galantia, streckte ihre Hand aus und berührte mein Gesicht. Sofort durchströmte mich ein wohliges Gefühl, das sich in meinem ganzen Körper ausbreitete. Ich stellte mir gerade vor, wie es sein müsste, wenn zwei Leute mit diesen Körpern sich umarmten und sich küssten. Erotik hoch zehn!

„Reicht das?", fragte sie.

„Ich denke schon", murmelte ich, und mein Kopf fühlte sich an wie eine Glühbirne. Wahrscheinlich war er rosarot überhaucht.

Plötzlich stand einer der Brüder auf und schnüffelte. „Riecht ihr es auch?"

Die anderen nickten.

Ich sog die Luft ein, roch aber nichts Ungewöhnliches.

„Was meint ihr?“, fragte ich.

„Der Gestank der anderen“, sagte Tsu-an Li und verzog ihren Mund. „Grauenhaft!“

„Also, ich rieche nichts“, meinte Charlotte, und ich stimmte ihr zu.

„Es ist ein Geruch aus einer anderen Welt“, sagte Jeschua, „den ihr nicht riechen könnt. Ich habe mich schon gewundert, dass er noch so milde ist. Im Institut von INFEA habe ich ihn auch schon gerochen.“

„Ich verstehe immer nur Bahnhof“, sagte ich.

„Weißt du“, begann Artano, „es gibt nicht nur gute Menschen, die auferstanden sind, sondern auch üble Geschöpfe. Ihre Ausdünstungen sind gewaltig, denn ihr Innenleben und ihre üblen Gedanken stinken zum Himmel.“ Er schnüffelte wieder. „Es müssen welche in der Nähe sein. Sie wittern eine himmlische Aktion.“

„Also, Moment mal“, begann ich. „Ihr seid der Meinung, dass sich hier irgendwelche dunkle Gestalten aufhalten, die wir nicht sehen und riechen können, die ...“, ich hielt inne. „Ihr meint doch nicht etwa böse Geister oder ... oder irgendwelche Teufel?“

„Ich weiß nicht, wie ihr sie nennt, aber für uns sind es Auferstandene aus dem Land der Wünsche, die sich von Gott abgewandt haben. Sie waren früher Menschen wie wir, aber jetzt sind sie zu grauenhaften Gestalten geworden, so wie wir Engel wurden.“

„Das hört sich an, als ob wir über ein Gemälde von Hieronymus Bosch reden“, meinte Charlotte.

„Hieronymus Bosch hat etwas gesehen“, sagte Jeschua, „und hat es in seinen Bildern verarbeitet. Deshalb ist es gut, dass ein paar Engel hier sind zu eurem Schutz. Die andere Seite fängt an zu toben, wenn sie zu viel Himmel riecht.“

Galantia schnüffelte. „Es wird weniger. Wahrscheinlich merken sie, dass sie gegen uns nicht ankommen."

Jeschua stellte seinen Teebecher ab und sagte: „Ich denke, dass wir für heute Schluss machen. Ihr seid müde und braucht euren Schlaf. Wir sehen uns morgen beim Frühstück. Und denkt daran, wir haben unser eigenes Essen und Trinken."

Ich war noch wie benommen und schwieg.

Charlotte stand auf. „Na dann, eine gute Nacht. Und wie ist es bei euch mit duschen?"

„Wir waschen uns mit himmlischer Musik", sagte Tsu-an Li und lächelte. „Ein Brausen überströmt unsere Körper wie kristallklares Wasser."

„Toilette?"

Jeschua schüttelte den Kopf. „Im Gegensatz zu der anderen Seite, gibt es in unserem Essen kaum Abfallprodukte, und wenn, verlassen sie uns als Duftstoffe."

Mir fiel meine Unterhaltung über das Essen in New York wieder ein, und ich folgte meiner Frau ins Schlafzimmer. Das Schimpfwort *Arschloch* würde dann im Himmel keinen Sinn ergeben, weil es nicht vorhanden war.

„Und noch was, Oliver", rief Jeschua mir hinterher und kramte in seiner Umhängetasche. „Ich habe dir ein paar Bücher von dem Autor mitgebracht, der das Buch schreiben soll. Dann kannst du dich schon mal einlesen."

Ich ging zurück und nahm die Bücher in die Hand. Eines war über Martin Luther, ein anderes sah blau aus und spielte im zweiten Weltkrieg und in der Nachkriegszeit, und das letzte waren gesammelte Kurzgeschichten.

„Danke", nickte ich, „und ... gute Nacht!" Was immer das für diese himmlische Gesellschaft bedeuten mochte.

Ich fiel diesmal nicht so schnell in einen tiefen Schlaf. Einmal las Charlotte ein paar Prospekte über Québec durch, und es war für mich zu hell, um einzuschlafen, zum anderen machte mich der Gedanke, dass grauenhafte Geschöpfe unsichtbar durch Québec streiften, doch ziemlich nervös. Aber schließlich schlief ich dann doch ein, nachdem Charlotte das Licht gelöscht hatte.

Mitten in der Nacht wachte ich auf und musste die Toilette aufsuchen. Draußen schneite es immer noch, und man hörte von unten das Brummen der Räumfahrzeuge. Ich musste daran denken, dass in Deutschland bei Schneefall oft der ganze Verkehr zusammenbrach. Hier hatte man den Winter ganz gut im Griff.

Als ich in den Flur blickte, erschrak ich, weil ich fünf Menschen sah, die in der Luft schwebten und einen leichten Glanz verströmten.

Unwillkürlich musste ich an Superman denken.

Ich schlich leise durch die Wohnung, aber Jeschua war nicht da. Was würde passieren, wenn ich die Schwebenden antippte? Würden sie die Augen aufschlagen und auf den Boden sinken?

Möglich. Aber ich probierte es nicht aus, sondern ging in mein Bett zurück.

Ich war auf den Tag morgen gespannt. Bei dieser Truppe konnte man sicher sein, dass der Tag nicht langweilig wurde.

Würden wir eigentlich zusammen Weihnachten feiern? Weihnachten mit dem erwachsenen Jesuskind?

Es musste für Jeschua seltsam sein, sich selbst überall in einer Krippe liegen zu sehen.

Weil ich noch nicht so müde war, griff ich nach den Kurzgeschichten dieses Autors und las eine. Eigenartigerweise kamen darin Engel vor. Ganz gut beschrieben. Fast so, als hätte er selber unsere fünf Freunde kennengelernt.

Aber dann fielen mir doch die Augen zu.

27

Ich stand gegen sieben Uhr auf. Wenn ich wach bin, hält es mich nicht lange im Bett, außer wenn meine Frau und ich uns zusammen vergnügen wollen. Vor dem Frühstück zog ich mich warm an und ging auf die Straße, um zu sehen, ob ich Schnee schippen musste.

Ich war geplättet. Nicht nur die Straßen, auch die Gehwege waren in der Nacht durch Maschinen freigeräumt worden, man sah noch die Reifenspuren auf den Gehwegen.

Allerdings türmten sich rechts und links Schneewälle, die man übersteigen musste. Bei manchen Häusern, deren Türen tiefer lagen als unsere, konnte man gar nicht so ohne Weiteres aus dem Haus.

Das Schneien hatte aufgehört, und ein blasser, dämmriger Himmel überzog die Stadt. Noch brannten die Straßenlaternen. Ich ging beruhigt wieder nach oben. Schneeschippen fiel aus.

Unsere Wächter waren inzwischen auch schon wach geworden oder hatten aus einem Zustand in den anderen gewechselt. Sie hatten es sogar fertiggebracht, Kaffee zu kochen und die Butter aus dem Kühlschrank zu holen.

Vielleicht waren sie auf ihren Einsatz vorbereitet worden: Wie bedient man irdische Kaffeemaschinen und warum ist es wichtig, die Butter frühzeitig aus dem Kühlschrank zu holen ...

Ich erledigte den Rest, und nach zehn Minuten saßen wir um den Frühstückstisch.

„Wo ist eigentlich Jeschua?“, fragte ich.

„Er sucht bestimmte Menschen auf, die vorbereitet wurden.“

„Okay. Und was hat er eigentlich die ganze Zeit zwischen Oktober und Dezember gemacht?"

„Er war in Syrien, Moskau und China", sagte Suween, „und im Iran, um eine neue Entwicklung anzukurbeln. Er sagte etwas von einer Frau, die er in New York getroffen hatte. Sie ist dabei, eine Bewegung iranischer Frauen aufzubauen. Und die INFEA-Institute machen dicht, wenn er auftaucht. Übrigens sollten wir auf deinem PC die Nachrichten auf CBS nach dem Frühstück gegen neun anschauen, hat er uns geraten."

„Aha. Und was liegt heute sonst noch an?"

„Ihr werdet mit uns unterwegs sein und solltet euch schon mal darauf einstellen, dass ihr morgen, am 24. Dezember, eine Mitternachtsmesse in der Anglikanischen Kirche besucht. Sie liegt in der Oberstadt neben dem Schlosshotel."

Ich hatte nichts gegen einen Mitternachtsgottesdienst bei den Anglikanern. Zumindest würden wir fast alles verstehen, weil es auf Englisch war.

Der Kaffee war heute sehr stark. Die Engel dachten wohl, je mehr Pulver, desto besser der Kaffee. Ich goss noch etwas Milch nach. Nur Gott ist vollkommen.

Um neun, nach dem Abwasch, stellte ich meinen PC auf den Esstisch und gab *www.cbsnews.com* ein. Zum Glück hatten wir in der Ferienwohnung freies Wi-Fi.

Ich sah alle möglichen, zum Teil widersprechende Meldungen, über die Politik des amerikanischen Präsidenten, aber was meine Aufmerksamkeit erregte, war ein Video im rechten oberen Teil des Bildschirms. Das Gesicht eines Afroamerikaners war zu sehen, und der Untertitel lautete: „Taxidriver starts anti weapon movement."

Das war doch ... genau! Das war Ken, unser Taxichauffeur, den Jeschua gebeten hatte, einen Tag auf Waffen zu verzichten.

Ich klickte den Film an, vergrößerte den Ausschnitt und sah staunend zu, wie Ken in einem knallroten T-Shirt in die Kamera blickte und gerade erklärte, er sei inzwischen ein Waffengegner geworden und hätte gelernt, dass man auch ohne Waffen Probleme lösen könne, sogar noch viel besser. Die Kamera schwenkte nach links, und ein riesiger Kerl mit einem Stiernackengesicht kam in Sicht, grinste breit, nickte und sagte: „Wenn Ken damals, als wir uns zum ersten Mal sahen, eine Waffe gehabt hätte, wäre ich jetzt tot oder schwer verletzt. Wir werden dieses Land mit riesigen Antiwaffendemos überziehen ..."

Ich war begeistert. Das Samenkorn, das Jeschua vor ein paar Monaten ausgesät hatte, fing schon an zu sprießen.

Ich erklärte den anderen, woher ich Ken kannte.

Suween nickte und sagte: „So macht er es immer. Niemals setzt er seine Macht ein, um Menschen mit Worten zu überfahren oder zu irgendetwas zu überreden. Er lässt sie etwas erleben und vertraut darauf, dass es sich weiter verbreitet."

Mir fiel die Liedzeile aus dem Song ein: *Ins Wasser fällt ein Stein ... und ist er noch so klein, er zieht doch weite Kreise.*

Wir erfuhren, dass überall auf der Welt die INFEA-Institute in den Schlagzeilen standen. Einige hatten zumindest ihre Privatschulen geschlossen.

Unglaublich, dass ein einzelner Mann so viel in so kurzer Zeit bewegen konnte. Und er brauchte dazu kein Geld, oder relativ wenig Geld, auch keine aufsehenerregenden Wunder, sondern es geschah alles durch Gespräche und Erlebnisse.

„Wir sind angehalten worden", fing Artano an, als ob er meine Gedanken aufgeschnappt hätte, „mit möglichst wenig Wundern zu arbeiten und unauffällig zu bleiben, weil Wunder auf Dauer einen geistigen Zwang ausüben, der nicht gesund ist."

„Könntet ihr denn überhaupt Wunder vollbringen?“, fragte ich herausfordernd.

„Natürlich“, antwortete Galantia und verschwand vor meinen Augen. Ihre leeren Kleider sackten zu Boden. Gleichzeitig hob sich der Tisch in die Höhe und schwebte durch die Küche.

„Okay!“, rief ich, „das reicht.“ Die Kleider formten sich zu einer Frauenfigur, Galantia wurde wieder sichtbar und setzte sich.

„Gut“, meinte Tsu-an Li, „dann lasst uns losgehen.“ Charlotte erklärte den Engeln, dass es besser sei, das Geschirr jetzt abzuwaschen, weil es sich sonst auftürmt.

Als auch das erledigt war, zogen wir Mäntel, Schuhe, Schals, Fellmützen und Handschuhe an und sagten unseren Gästen, sie sollten wenigstens so tun, als ob ihnen kalt sei und ihre Hände in die Manteltaschen stecken.

Wir traten nach draußen. Ich musste blinzeln. Die Sonne stand in einem wolkenlosen blauen Himmel und brachte den Schnee zum Glitzern. Diese starke Helligkeit, die durch die Schneemassen verstärkt wurde, kannte ich von Deutschland nicht.

Wir gingen manchmal hintereinander, weil die Schneewälle auf den Gehsteigen den Raum einengten. Ab und zu sah ich geparkte Autos, die so zugeschneit waren, dass nur die ausgeklappten Scheibenwischer zu sehen waren. Jemand war gerade dabei, sein Auto freizuschaufeln.

Artano und Saron sahen sich kurz an, nahmen dem Mann, der nicht mehr der Jüngste war, freundlich die Schippe aus der Hand, griffen nach einer Schaufel, die an der Mauer lehnte, und hatten in einer unglaublichen Geschwindigkeit das Auto freigeschaufelt.

Staunend sah der Mann zu und bedankte sich überschwänglich bei ihnen, natürlich auf Französisch. Ich verstand nicht alles, aber er wollte wissen, wo sie herkamen und ob sie hier wohnten. Schließlich lud er sie zu einem Umtrunk ein, und Artano sagte: „Geht schon mal weiter, wir kommen nach."

„Hoffentlich finden sie uns nachher", sagte Charlotte.

„Kein Problem", meinte Suween, „wir haben so etwas wie eine innere Verbindung und finden überall wieder zusammen."

Ein eingebauter, himmlischer Navi, dachte ich.

Tsu-an Li erklärte uns unterwegs, dass die Gedanken in einer geistigen Welt eine ungeheure Kraft haben. Sobald man an jemanden denkt, ist man bei ihm. Hier, auf der Erde geht das nicht so schnell, aber es kann im Prinzip unter den Auferstandenen keiner verloren gehen.

Wir stießen auf eine breite Straße, an der ein riesiger Hotelklotz stand, daneben ragte eine zwanzig Meter hohe, bläulich schimmernde Tanne aus Glas in den Himmel.

„Da vorne müsste der Aufzug in die Oberstadt sein", erklärte Charlotte und deutete auf einen quadratischen Turm.

Obwohl der Verkehr um uns herumflutete, klang er seltsam gedämpft, so als würden in Québec überall Teppiche auf der Straße liegen.

Der Aufzug war riesig. Neben dem Eingang gab es einen Aufenthaltsraum mit Bäckerei.

Wir ließen uns nach oben tragen und landeten wenig später in einer gemütliche Geschäftsstraße, die St. Jean hieß.

Und auch hier stand wieder eine Kirche, ohne Schautafel, die nicht in Betrieb war

Tsu-an Li blieb davor stehen und fragte jemand, der um die Ecke bog, warum die Kirche geschlossen sei.

Aber der Mann gab keine Antwort, sondern zog Tsu-an Li hastig zur Seite und deutete nach oben. Wir blickten hinauf und sahen zwei Männer, die angeseilt auf dem Dach standen und Schnee schaufelweise hinunterwarfen.

Offensichtlich war der Mann nicht in Eile, denn er fing an, sich mit Tsu-an Li zu unterhalten. Vielleicht war er auch einfach fasziniert von ihrem schönen Gesicht.

Suween und Galantia winkten uns weiterzugehen. Galantia sagte halblaut: „Der Mann ist reif für den Glauben."

„Vielleicht eher für ein Rendezvous mit einer schönen Frau", meinte ich zweifelnd.

„Das vielleicht auch, aber unter der Oberfläche hat Tsu-an Li einen Hunger nach Gott gespürt."

Plötzlich blieb ich stehen, drehte mich um und deutete auf das Restaurantschild: „Le Hobbit".

„Hier würde ich gerne mal eine Tasse Kaffee trinken."

„Warum nicht?", sagten unsere beiden Schutzengel

Wir wollten die Tür aufmachen, aber irgendwie klemmte sie. Der Besitzer kam und wollte helfen, aber auch er bekam die Tür nicht auf. Er suchte nach seinem Schlüssel und steckte ihn ins Schloss. Alles umsonst. Es war wie verhext. Die Tür schien wie fest zementiert zu sein. Suween und Galantia sahen sich vielsagend an, hielten ihre Nase mit Daumen und Zeigefinger zu und sprachen irgendetwas Gebieterisches zu der Tür.

Dann zogen sie daran, und sie ließ sich so leicht öffnen wie eine Saloontür in einem Wild-West-Film.

Wir gingen in den Raum, wo wir von dem Wirt etwas seltsam, aber nicht unfreundlich angeblickt wurden.

Es war nicht schwer, einen Tisch zu finden. Dann bestellten wir viermal Kaffee.

„Was war denn das eben?", fragte Charlotte

„Ein paar Leute aus dem Land der eigenen Wünsche wollten nicht, dass wir den Raum betreten. Es roch grässlich um uns herum. Da muss man dann eben ein kräftiges Wort sagen und eine Portion himmlisches Licht verbreiten."

„Wahnsinn", brummte ich. „Wisst ihr, es kommt mir vor, als ob wir von verschiedenen Welten durchdrungen sind."

„Gar nicht so schlecht erklärt", meinte Suween und nippte an ihrer Tasse. Währenddessen starrten der Wirt und fast alle Gäste mehr oder weniger heimlich auf unsere weiblichen Freunde. Sie sahen aber auch wirklich ungewöhnlich gut aus.

Ich blickte mich im Raum um. Er war mit viel Holz dekoriert, irgendwie urig, und an den Wänden hingen Bilder mit Fantasymotiven. Ich entdeckte ein Porträt von Gandalf in seinem weiten Mantel und Bilbo, der in einem Zimmer saß und seine Memoiren schrieb.

Nach ein paar Augenblicken stand Suween auf, strahlte die Leute mit ihrem schönsten Lächeln an und fing an zu erzählen, dass sie zum ersten Mal in Kanada seien, aber dann verlor ich den Faden. Das Französische ging mir zu schnell. Ich verstand nur noch, dass sie von leeren Kirchen erzählte, und dann sprach sie von etwas sehr Persönlichem, wobei sie die Hand auf ihre Brust legte.

Manche der Gäste hatten Tränen in den Augen.

Um es kurz zu machen: Wir blieben fast eine Dreiviertelstunde da, mussten nichts bezahlen, und Suween und Galantia beteten für alle, die es wollten.

Zum ersten Mal ging mir auf, was es bedeutete, wenn jemand die Gabe der Mission hat. So etwas würde ich in hundert Jahren nicht hinkriegen.

Wir mussten uns fast mit Gewalt losreißen und ließen tief bewegte Menschen zurück.

Nachdem wir die Straße mit den kleinen Geschäften hinter

uns gelassen hatten, stieg die Querstraße an. Überall sahen wir Weihnachtsdekorationen in den Schaufenstern: grüne Zweige mit roten Bändern umwunden, nickende Weihnachtsmänner, unzählige Krippen mit Puppen darin oder der berühmte Schlitten, von Rentieren gezogen, der über die Dächer schwebte. Letzten Endes eine verchristlichte Version von Odins Ritt mit seinem Heer in den Raunächten. Aus den Lautsprechern klang: *Noël, Noël ...* und: *Rudolph, the rednosed rendeer.*

Die Straße stieg weiter an, und wir kamen an einer alten Stadtmauer aus dem siebzehnten Jahrhundert vorbei. Altertümliche Droschken, von Pferden gezogen, die rote Mützen trugen, wechselten sich mit Autos ab, und dann waren wir endlich ganz oben. Und ich staunte: Ein riesiger Park mit gewaltigen Bäumen zog sich kilometerweit auf der Hochfläche entlang, alles tief verschneit und von der Sonne zum Glitzern gebracht. Wir gingen bis an den Rand und blickten auf den St. Lorenzstrom hinunter, der breit und behäbig dahinströmte und Eisschollen mit sich trug.

„Was hast du eigentlich den Leuten in dem Hobbitcafé alles erzählt?", fragte ich Galantia. „Manche hatten Tränen in den Augen."

„Eigentlich nichts Besonderes", sagte sie und strahlte. Zwei junge Männer, die vorbeigingen, drehten sich nach ihr um. „Ich habe ihnen nur erzählt, wie viel mir Gott bedeutet und was für ein reiches Leben es ist, mit ihm zusammen zu sein, dass es nicht sinnlos ist, zu beten und das, was einen bewegt, vor ihm auszubreiten."

„Tja", meinte Charlotte, „das ist der Unterschied zwischen uns. Wenn ich das gleiche erzählen würde, hätte kaum jemand zugehört."

„Unterschätze dich nicht", mischte sich Suween ein. „Alles,

was dich selbst bewegt und ehrlich ist, spricht auch andere an." Sie deutete nach vorne: „Da kommen Tsu-an Li und die beiden Brüder!"

Tatsächlich hatten sie uns mit ihrem eingebauten Engelnavi gefunden.

Nach einer herzlichen Begrüßung sagte ich: „Ich habe einen richtigen Kohldampf und könnte ein ganzes Pferd verschlingen."

Die weiblichen Engel machten große Augen und Charlotte erklärte ihnen, dass es nur so eine Redewendung sei und bedeutete, dass ich jetzt dringend etwas essen müsse.

Wir gingen auf der Hochfläche zurück und sahen das Dach eines gewaltigen Schlosses von Weitem.

„Das ist kein echtes Schloss", meinte Charlotte, die sich gestern im Bett ein paar Prospekte durchgelesen hatte. „Es ist das Château Frontenac, ein Nobelhotel. Und gleich in der Nähe ist die anglikanische Kirche, wo wir morgen Nacht sein werden."

Wir fanden ein Lokal, das groß genug für unsere Auferstehungsgruppe war, und setzten uns an einen Tisch

Nach einem wunderbaren Essen, das ich wieder mit Jeschuas Kreditkarte zahlte, gingen wir in der einsetzenden Dämmerung Richtung *Rue du Roi*, kamen an dem großen Weihnachtsbaum aus Glas vorbei, der jetzt intensiv blau leuchtete, und stiegen schließlich erschöpft die Stufen zu unserer Wohnung hinauf. Jedenfalls waren Charlotte und ich total müde. Aber unsere engelhaften Freunde schienen ungeahnte Reserven zu haben.

„Also, ich leg mich mal kurz aufs Ohr, ich bin erledigt", sagte ich und entfernte mich in Richtung Schlafzimmer.

28

Als ich nach einem kurzen Schlummer erfrischt aufstand, war es draußen schon richtig dunkel geworden. Ich ließ Charlotte weiterschlafen und ging ins Wohnzimmer. Es war durch die Weihnachtsbeleuchtung auf dem verschneiten Balkon in ein mildes Licht getaucht. Niemand war zu sehen, aber auf dem Esstisch fand ich einen Zettel: „Wir sind wieder unterwegs in der Stadt. Meldet uns morgen früh bei einer Hundeschlittenfahrt an, und mietet euch ein Auto. Wenn wir schon in Kanada sind, dann sollten wir so etwas machen." Unterzeichnet mit zwei stilisierten Flügeln.

Charlotte, die inzwischen auch aufgestanden war und den Zettel las, stieß einen Schrei aus. Überrascht drehte ich mich um.

„Von so einer Tour mit Hundeschlitten hab ich gestern in den Prospekten gelesen. Aber ich habe es abgehakt, weil wir ja nicht zum Vergnügen hier sind. Ich liebe Huskys!"

Interessant, dachte ich. Anscheinend ist es Gott wichtig, dass wir auch unseren Spaß hier haben.

Das Organisieren mit Anmelden und Auto mieten überließ ich Charlotte, sie kann das sowieso besser als ich. Sie hängte sich gleich an ihr Smartphone, mietete für morgen ein Auto und vereinbarte bei einer Hundeschlittenfarm einen Termin um halb elf Uhr.

„Bist du sicher, dass sie am vierundzwanzigsten solche Touristenfahrten anbieten? Immerhin ist es ja Heilig Abend."

„Es ist dann eher Heilig Morgen", meinte Charlotte, „außerdem feiert man in den USA und in Kanada Weihnachten am fünfundzwanzigsten. Für die Kanadier ist morgen ein normaler Arbeitstag."

Sie hatte wie fast immer recht. An diesem Tag machten wir nicht mehr viel. Wir kauften ein paar Tannenzweige und steckten sie in einen großen Plastikbehälter, den wir mit rotem Papier umkleideten. Das war unser Weihnachtsbaum, dann kauften wir noch ein paar Kleinigkeiten zum Schmücken. Außerdem wollten wir an Weihnachten wenigstens ein paar Geschenke für unsere Gäste haben. Und das nahm sehr viel Zeit in Anspruch.

Denn: Was schenkt man eigentlich Engeln? Ziemlich schwierig. Süßigkeiten? Bringen im Grunde nichts. Bücher? Was sollen sie damit anfangen? Sie können den Inhalt eines Buches in Sekundenschnelle aufnehmen. DVDs? Kann man im Himmel nicht abspielen.

Es müsste irgendetwas sein, das typisch ist für unseren Planeten und an das sie sich gerne erinnern, wenn sie es anschauen. Steine? Erde? Am besten: gute Erinnerungen. Aber wie soll man die verpacken?

Schließlich entschieden wir uns für ein paar geschmackvolle Karten, auf die wir all das schrieben, was uns von unseren Engeln in guter Erinnerung geblieben war.

Gegen einundzwanzig Uhr trudelten unsere Gäste ein, nachdem sie vorher höflich geklingelt hatten.

Wir aßen zusammen zu Abend und amüsierten uns, wenn Tsu-an Li und die beiden Brüder von unsichtbaren Schüsseln aßen und aus unsichtbaren Bechern tranken. Suween und Galantia bemühten sich, an unseren Broten zu knabbern, aber wir sahen doch, wie sie zwischendurch etwas anderes zu sich nahmen.

Schließlich hielt ich es nicht länger aus und fragte: „Was genau esst ihr da eigentlich?"

Tsu-an Li zuckte mit den Schultern und antwortete: „Ist doch klar. Wir leben von Licht und Liebe. Was wir essen, sind Brote, Früchte, Gemüse und Wein, die in himmlischen Gärten wachsen. Jemand von unseren Freunden hat sie uns hergebracht. Sie standen schon auf dem Tisch, als wir ankamen ..."

„Während wir hier durch den Raum gingen?"

„Klar. Ihr müsst euch daran gewöhnen, dass ihr nie wirklich allein seid."

Unsere Engelfreude erzählten beim Essen von ihren Erlebnissen, und wir wunderten uns, wie und wo sie überall in Kontakt gekommen waren: beim Eislaufen, in einem Museum, auf einem verschneiten Kinderspielplatz und in einem Bus.

Allmählich merkte ich, wie die Müdigkeit in meine Augen sickerte. Wahrscheinlich nimmt einen die Zeitumstellung doch mehr mit, als man denkt. Charlotte ging es ähnlich. Morgen würde ein anstrengender Tag sein. Zuerst bei den Schlittenhunden und dann spät abends in der Anglikanischen Mitternachtsmesse. Dort würden wir dann wieder Jeschua treffen.

Also sagten wir gute Nacht und verschwanden im Schlafzimmer.

29

„Aufstehn!“, raunte mir jemand am nächsten Morgen ins Ohr und streichelte über meine Wange. Ich schlug die Augen auf und blickte in das hinreißend schöne Gesicht von Suween.

„Was ... was ist ...los?“, stammelte ich.

„Du bist wieder eingeschlafen“, sagte sie, „Charlotte hat schon das Auto geholt, und wir müssen in irdischen vierzig Minuten los.“

„Oh!“ Ich warf die Decke zur Seite und sprang aus dem Bett. Duschen ließ ich ausfallen, das konnte ich nachholen, wenn wir von den Hunden zurückkamen. Ich sprühte mir etwas Deo unter die Arme, putzte mir die Zähne, schlüpfte in meine Kleider und fand den Frühstückstisch schon gedeckt.

„Ah, der Herr geruht auch zu erscheinen“, frotzelte Charlotte und hielt mir einen vollen Kaffeebecher entgegen.

Ich setzte mich. „Ich muss irgendwie wieder eingedöst sein“, murmelte ich. „Aber von einer so schönen Frau wie Suween geweckt zu werden, hat auch was.“

„Tja, mit Engeln kann ich natürlich nicht mithalten“, meinte Charlotte.

Kurze Zeit später saßen wir alle im Wagen. Charlotte fuhr. Ich gab unsere Route in mein Smartphone ein und dirigierte den Wagen zu der Hundefarm. Zum Glück hatte es in der Nacht keinen Neuschnee gegeben, und die Straßendecke auf den kleinen Straßen war hart und griffig. Nicht einmal vereist. Nur auf dem Highway war der Schnee ganz verschwunden, und an den Seiten sah ich Wälle aus Schneematsch und Salz.

Wir bogen ab. Die Gegend wurde einsamer und flacher. Ein niedriger, weiß bestäubter Wald dehnte sich nach allen Seiten aus. Dann sahen wir das Schild: Ein großer Hundekopf mit dem Namenszug der Farm.

Als wir auf das Gelände fuhren, hörten wir schon das Hundegebell. Ein paar flache Häuser standen auf verschneiten Flächen, und dann sahen wir die Hunde. Nicht ein paar Rudel, sondern Hunderte von Huskys, immer in Sechserreihen zusammengebunden und an Zaunpfählen befestigt. Die, die nicht unterwegs waren, jaulten, weil sie laufen wollten. Es war ein riesiger Betrieb, und der Parkplatz mit Touristenautos war gut gefüllt.

Eine Frau kam auf uns zu, dick eingepackt mit Fellmütze und Handschuhen. Ihre lustigen Augen taxierten uns amüsiert. Sie zog die Handschuhe aus und begrüßte uns. „Bonjour, je suis Hélène. Soll ich Französisch oder Englisch mit euch reden?"

„Lieber Englisch", sagte ich.

Nachdem wir uns vorgestellt hatten und sie über die Vornamen der fünf Außerirdischen leicht erstaunt war, legte sie los.

„Also, begann sie. „Immer zwei Leute fahren zusammen. Einer sitzt, der andere steht hinter ihm auf den Kufen. Wenn es zu schnell wird, kann man auf ein Eisen treten, das ist die Bremse. Ich fahre voraus. Achtet darauf, dass immer genügend Abstand da ist. Wenn ihr loslaufen wollt, dann ruft ihr: *D'avant!* Das sind alles Hunde, die französisch verstehen. Sollen die Hunde halten, ruft ihr *Ho, ho!* Wenn es bergauf geht, dann steigt ihr vom Schlitten und helft ein bisschen mit Schieben. Alles klar?"

„Wir sind sieben", sagte ich. „Das geht nicht auf."

„Ich bleibe hier", meldete sich Tsu-an Li.

„Okay. Wir haben hier eine gut geheizte Hütte, da kannst du solange bleiben. Und ihr anderen kommt mal mit."

Das Jaulen wurde stärker. Hélène blickte sich irritiert um.

„Normalerweise sind sie nicht so laut“, sagte sie. „Irgendwas treibt sie um.“

Sie schaute sich drei Schlittengespanne an, packte einen der Hunde an seinem Geschirr, spannte ihn aus und trug ihn wie eine Einkaufstasche zu einem Gespann weiter hinten. Dann holte sie einen anderen Hund und spannte ihn in die entstandene Lücke ein.

Charlotte setzte sich in den Schlitten, der mit Polstern ausgeschlagen war, ich stellte mich hinter sie.

„Wir müssen uns etwas schwerer machen“, raunte mir Artano zu. „Wieviel wiegt ein erwachsener Mensch?“

„Ich blickte ihn an und sagte: „Du würdest hier achtzig Kilo wiegen. Die Frauen zwischen fünfzig und sechzig.“

„Gut.“

Ich sah hinter ihn und bemerkte, dass er kaum Spuren auf dem Schnee hinterlassen hatte.

Inzwischen jaulten die Hunde nicht mehr, sondern bellten, dass mir die Ohren dröhnten. Einige wälzten sich im Schnee. Bei einem anderen tropfte Blut aus dem Maul.

Hélène wurde sichtlich nervös. „Irgendetwas stimmt hier nicht. Ich bin gleich wieder bei euch“, sagte sie und verschwand in einem der Häuser. Ich sah, wie sie telefonierte.

Die Hunde zerrten an ihren Riemen, ein anderer Hund hatte roten Schaum vor dem Mund und knurrte, als ich näher kam. Ich wich zurück.

Charlotte meinte: „Das ist seltsam. Normalerweise sind Huskys so zutraulich, dass Kinder unbedenklich mit ihnen spielen können.“ Ich blickte einem der Hunde in seine himmelblauen Augen und dachte, dass er vor irgendetwas Angst hatte.

Hélène kam wieder zurück. „Die Hunde sind fast alle nervös und ängstlich, und das mit dem Blut gefällt mir überhaupt nicht.

So etwas haben wir noch nie erlebt. Wir schauen gerade nach, ob das Futter vielleicht verdorben ist. Auf jeden Fall können wir so nicht losfahren."

Tsu-an Li, die sich in der Hütte noch nicht aufgewärmt hatte (wozu auch?) und bei uns geblieben war, trat an Hélène heran und sagte: „Wir könnten helfen."

„Wie denn?"

„Wir könnten für die Hunde beten."

Hélène blieb der Mund offen stehen. Damit hatte sie nicht gerechnet. „Prier à Dieu?"

Artano nickte und sagte: „Gott ist schließlich der Schöpfer und Erfinder von allem. Er könnte das regeln."

„Und ... und was müssen die Hunde machen?"

Saron lachte. „Die Hunde müssen gar nichts tun."

Hélène konnte es nicht fassen, dass jemand im Ernst für Hunde beten wollte. Offenbar kam es ihr so bizarr vor, als ob man Hunde melken wollte.

„Aber es gibt keine Kirche hier."

„Man braucht zum Beten keine Kirche", sagte Suween etwas lauter, weil das Bellen stärker geworden war. „Du kannst überall beten. Gott ist ja auch überall. Wir müssen nur deine Erlaubnis haben, weil wir euch nichts aufzwingen wollen."

Hélène zog die Handschuhe aus und dann wieder an, wusste offenbar nicht, was sie sagen sollte, blickte sich um und sah schon einen weiteren Hund, der Blut spuckte. Das Bellen war kaum mehr auszuhalten.

„Ja, bitte, betet. Ich weiß sonst nicht, was wir tun sollen."

Unsere fünf Engel stellten sich im Kreis zusammen, legten die Arme um die Schultern des anderen, sahen sich an und bewegten ihre Lippen.

Es war, als ob eine unsichtbare Welle von ihnen ausging und nach und nach die Hunde erreichte. Die, die am nächsten standen, hörten zuerst mit Bellen auf und hoben Ihre Köpfe, schnüffelten und wiegten sich hin und her. Dann machten es die anderen ihnen nach, bis schließlich alle Hunde von der Gebetswelle erreicht worden waren. Es wurde still.

Die Engel lösten sich voneinander, und Tsu-an Li sagte zu Hélène: „Ich denke, Gott hat die Hunde gesegnet. Aber es geht nicht immer so schnell, manchmal dauern Gebete etwas länger. Ich glaube, dass Gott eure Huskys liebt."

Hélène war schon bei dem nächsten Hundegespann, ging in die Hocke und streichelte den ersten. Die Hunde, die eine rote Schnauze vom Blut hatten, wühlten den Schnee auf, um das Blut loszuwerden. Sie kam zurück.

„Die Hunde scheinen wieder in Ordnung zu sein. Ich weiß gar nicht ... ich kann mir das nicht erklären ... wie kann ich euch danken?"

„Geh mal wieder in einen Gottesdienst", sagte Suween zu ihr, „heute gibt es eine Mitternachtsmesse in der anglikanischen Kirche. Und probiere das mit dem Beten aus. Stell dir vor, Gott wäre dein bester Freund, dem man alles sagen kann. Und wie gesagt: Die Gebete wirken nicht immer so schnell, es gehört eine große Portion Vertrauen dazu."

Sie machte eine Pause und fragte Hélène: „Meinst du, dass wir jetzt eine Runde fahren könnten?"

Unsere Führerin blickte sich um, sie war wohl in Gedanken weit weg gewesen, und sagte mit einem Lächeln: „Ja, ja, sicher. Wir starten."

Also setzte sich Charlotte wieder in den Schlitten, und als die anderen beiden Schlitten auch besetzt waren, machten ein paar

Mitarbeiter die Schlitten los. Ich rief: „D'avant, d'avant!" und sauste hinter Hélène her.

Es war toll, durch den weißen Wald zu fahren, mit Hunden, die fröhlich bellten, weil sie wieder laufen durften. Manchmal streiften wir Zweige, die ihre Schneelast abwarfen, der Wind blies mir ins Gesicht. Es war herrlich.

Irgendwann merkte ich, als die Hunde gerade nicht bellten, dass das leise, schleifende Geräusch der Kufen auf dem Schnee und das Knarren der Holzschlitten, deren Teile nur mit Seilen verbunden waren, die einzigen Laute in diesem Wald waren. Sonst herrschte Stille, aber dann bellte wieder ein Hund.

Plötzlich sauste der Schlitten bergab in ein sanftes Tal, und ich musste mich auf das Bremseisen stellen. Danach sprang ich ab und lief nebenher, weil es bergauf ging. Bei einem kleinen Fotoshooting wechselten wir, und ich setzte mich in den Schlitten und genoss die neue Perspektive.

Als wir wieder in der Station ankamen, waren wir froh, in das beheizte Hauptquartier zu kommen. Ein riesiger Kaminofen stand an der Wand, aus dem eine wohltuende Hitze strahlte. Wir zogen die Handschuhe aus und wärmten uns die Hände.

Hélène, die auch die Kasse machte, war nicht zu bewegen, uns die Rechnung zu geben. „Ihr habt uns mit den Hunden geholfen, das kann man gar nicht bezahlen."

Schließlich stand sie auf und winkte Tsu-an Li, ihr zu folgen. Ich sah sie draußen stehen mit ernstem Gesicht. Ich meinte, dass die beiden beteten.

Inzwischen hatten Charlotte und ich Hunger bekommen und schlugen vor, dass wir eine Kleinigkeit essen sollten. Wir fanden einen Schnellimbiss, bestellten uns ein Menü, tranken heißen Tee und stiegen wieder ins Auto, um zurückzufahren.

„Jetzt wissen wir, warum wir diese Schlittentour gemacht haben“, meinte Charlotte nach einer Weile. „Was hat denn eigentlich den Hunden gefehlt?“

Suween und Saron zuckten die Schultern. „Wir wissen es im Grunde nicht. Vielleicht eine Lebensmittelvergiftung, oder die andere Seite wollte uns Steine in den Weg legen.“

„Ich frage mich“, fing ich an, „wie es kommt, dass eure Gebete so eine Durchschlagskraft haben.“

„Ich glaube“, sagte Arton, „das hängt damit zusammen, dass für uns die himmlische Sicht und Gottes Gegenwart so gewiss ist, dass wir weniger zweifeln als ihr. Es genügt eine Messerspitze Vertrauen.“

„Und wir haben meistens nicht einmal das“, murmelte Charlotte.

„Ihr betet einfach zu viel“, sagte Tsu-an Li.

„Was? Ich habe wohl nicht richtig gehört?“ Ich musste Tsu-an Li so fassungslos angestarrt haben, dass sie mir beruhigend die Hand auf den Arm legte.

„Ja, ihr betet bei jedem Essen, in der Kirche, ihr betet das Vaterunser und so weiter. Aber es wäre besser, erst dann zu beten, wenn die Messerspitze Vertrauen da ist, vorher lohnt es sich nicht, außer man entlastet sich und will irgendetwas bei Gott loswerden. Das ist natürlich etwas anderes.“

Darüber musste ich nachdenken, sah nach draußen in die einsetzende Dämmerung und ahnte, dass Tsu-an Li wahrscheinlich recht hatte.

„Du hattest noch ein ernstes Gespräch mit Hélène, oder?“

„Ja, sie war sehr offen für den Glauben. Das war für sie etwas absolut Neues. Ich kam mir vor, als sei ich in einem heidnischen Land, dabei gibt es den christlichen Glauben hier seit Jahrhunderten. Merkwürdig!“

Gegen fünf Uhr kamen wir wieder in Québec an, gaben das Auto bei der Mietwagenfirma ab und gingen zu Fuß zu unserem Quartier.

Ich hatte mich ja an diesem Tag noch nicht gewaschen und verschwand in der Dusche, während Charlotte Tee aufsetzte.

Das heiße Wasser tat gut, und ich wusch gleich meine Haare, die so trocken wie Stroh waren. Diese Kälte tat der Haut nicht gut. Ich hatte noch nie so häufig meine Lippen, Hände und meine Füße eingecremt wie hier.

30

Das Aufstehen nach dem warmen Abendessen fiel mir schwer, ich spürte wieder die Müdigkeit, aber es half nichts: Heute war Heilig Abend, und wir wurden in der Mitternachtsmesse erwartet. Ich blickte Artano an und hatte eine Idee. Das würde mich wieder munter machen.

„Darf ich dich mal hochheben?“, fragte ich ihn, „oder hast du noch dein Schlittengewicht?“

„Heb mich ruhig hoch. Ich bin wieder leicht.“

Ich packte Artano an der Taille und hob ihn hoch: leicht wie eine Feder. Nur die Kleider wogen etwas. Ich gab ihm einen Schubs, und er schwebte durch die Küche, hielt sich an der Lampe fest und stellte sich wieder auf die Beine.

„Heb mich mal hoch!“, schlug Suween vor.

Ich packte sie und wollte sie auch hochheben, aber es ging nicht. Sie war so schwer wie ein Klavier. Sie lachte mich aus.

„Im Himmel scheint das Gewicht keine Rolle zu spielen“, meinte Charlotte neidisch.

„Stimmt. Dieser Körper ist fast vollkommen. Er richtet sich nach deinem Innenleben.“

„Was bedeutet das?“

„Ganz einfach: Wenn du fröhliche und leichte Gedanken hast, ist er auch leicht. Denkst du an etwas Schweres, wird er schwer. Willst du fliegen, dann fliegt er, willst du über Wasser gehen – kein Problem. Denkst du an jemanden, bist du bei ihm.“

„Wahnsinn!“, murmelte ich.

„Ja, euer irdischer Körper hier“, sagte Galantia, „ist nur der

Anfang. Ein Einstieg in Körperlichkeit. Die Auferstehung ist eine deutliche Verbesserung. Sonst würde doch alles andere gar keinen Sinn machen. Schließlich sollt ihr euch doch auf den Himmel freuen, oder?"

„Eigentlich ja, aber wer tut das schon?", sagte Charlotte.

„Informationsmangel", sagte ich. „Man müsste ein Reisebüro eröffnen: *One way ticket to heaven. Besuchen Sie mit Ihrem neuen Körper die himmlischen Gefilde, und lassen Sie Ihre Gewichtsprobleme zu Hause ...*"

Charlotte verdrehte die Augen nach oben.

„Aber es stimmt doch", setzte ich nach. „Kein Mensch freut sich heute mehr auf den Himmel, weil es nur so blutleere, abstrakte Worthülsen darüber gibt."

„Vielleicht genügt es manchen, sich vorzustellen, dass Gott das alles schon richtig machen wird."

„Ich gehöre nicht zu dieser bescheidenen Gruppe."

Wir räumten den Tisch ab und machten uns auf den Weg. Eigentlich hätten wir ein Taxi nehmen können, aber wir fanden es schöner, in der Heiligen Nacht zu Fuß zu gehen, obwohl es ein halbstündiger Marsch sein würde.

Die Geschäfte, die wir unterwegs sahen, hatten alle noch offen, junge Leute mit Schlittschuhen unter dem Arm und roten Weihnachtsmützen zogen an uns vorbei und lachten. In der Oberstadt gab es eine Eisfläche mit Scheinwerfern und Musik, die gut besucht war. Kleine Kinder waren noch wach und bekamen Gestelle auf Kufen, an denen sie trainieren konnten.

Mir erschien alles wie ein großes, nächtliches Volksfest. Dass es Heiligabend war, konnte man nicht erkennen. Ja, ich wusste zwar, dass in Kanada eigentlich der Fünfundzwanzigste gefeiert wurde, trotzdem ...

Es ging wieder steil bergauf, bis wir das hell erleuchtete Château Frontenac sahen. Taxis kamen an, und festlich gekleidete Leute stiegen aus. Das Schloss wirkte mit seinen Erkern, Zinnen und verschachtelten Mauern wie ein gewaltiges Versprechen, dass hinter diesen Wänden etwas Großartiges stattfinden würde. Ich stellte es mir traumhaft vor, hier eine Nacht zu verbringen.

Aber das war jetzt nicht möglich, wir gingen daran vorbei und erreichten die weniger beeindruckende Fassade der Cathedral of the Holy Trinity.

Als wir die Kirche betraten, merkten wir, dass wir nicht zu früh gekommen waren. Es war richtig voll. An sieben Plätze nebeneinander war gar nicht zu denken. Wir mussten uns aufteilen.

Jemand drückte uns eine kleine Kerze mit einem runden Tropfenfänger aus Pappe in die Hand und einen Programmzettel mit der Liturgie.

Charlotte und ich quetschten uns mit Suween und Saron in eine Bank, Tsu-an Li, Galantia und Artano fanden sogar noch einen Platz weiter vorne. Ich grinste, weil ich sah, wie fast alle Männer den beiden weiblichen Engeln hinterhersahen.

Suween und Saron stießen sich gegenseitig an und flüsterten.

„Was ist los?“, fragte ich neugierig.

„Wir sehen überall die Leute, mit denen wir gestern und heute gesprochen haben.“

„Ist ja beeindruckend.“

„Eigentlich nicht“, raunte mir Saron ins Ohr. „Wir haben ihnen allen gesagt, dass sie unbedingt in die Mitternachtsmesse gehen sollten. Da vorne sitzt übrigens Hélène.“ Ich suchte sie mit den Augen und entdeckte sie, was gar nicht so einfach war. Schließlich hatte sie die Mütze abgenommen, und ich kannte sie nur mit Mütze.

Von allen Seiten wurde gemurmelt. Jemand hielt seine Hand

hoch, weil er einen Bekannten entdeckt hatte. Kinder schliefen auf dem Schoß der Eltern oder kletterten herum. Vor uns saß eine Familie, die indianisch aussah. Ich blickte mich unauffällig um, weil ich nach Jeschua Ausschau hielt, aber er war nirgends zu sehen.

Plötzlich zuckte ich zusammen, weil die Orgel einsetzte. Das elektrische Licht ging aus, und von hinten marschierten der Chor und alle, die an der Messe beteiligt waren, nach vorne. Eine klare Knabenstimme intonierte: „Once in Royal David's City".

Ich liebe diesen wunderschönen Choral, der mir in seiner schlichten Melodie immer zur Herzen geht.

Dann setzte der Chor ein, und die dritte Strophe sangen wir alle gemeinsam.

Jemand nahm eine der brennenden Kerzen vom Altar, die erste Bankreihe holte sich das Licht und gab es weiter. Allmählich brannten immer mehr Kerzen, bis wir alle im Kerzenschein dasaßen.

Es war wunderschön, wie der Raum allmählich heller wurde, während der Chor leise *Hark, the Heralds Angel* ... anstimmte.

Immer noch suchte ich mit den Augen, wo sich Jeschua versteckt hatte, konnte ihn aber nicht entdecken.

„... and the fellwoship of the Holy Spirit be with you", sagte gerade der Liturg und wir antworteten: „And also with you."

Die Messe nahm ihren Lauf, es folgte das Sündenbekenntnis, das Kyrie, das Gloria, das Credo, und dazwischen sang der Chor doch tatsächlich den deutschen Choral: *Es ist ein Ros entsprungen.* Die Aussprache war gar nicht mal so schlecht.

Dann sagte der Liturg: „Eigentlich war unser Dekan, Mr. Reginald Whoolsey, für die Predigt vorgesehen, aber wir haben heute einen Gast aus Europa hier, der die Predigt halten wird: Mr. Joshua Davidsen."

Ich hatte nicht bemerkt, dass Jeschua nicht in den Bankreihen gesessen hatte, sondern mit dem Chor in einem weißen Talar nach vorne gegangen war.

Das hätte ich mir ja denken können, dass Jeschua sich eine Weihnachtspredigt nicht entgehen lassen würde. Eine Rede zu seinem eigenen Geburtstag!

Ich muss schon sagen, dass ich einigermaßen gespannt war. Er trat an das Lesepult, verschmähte die Kanzel und blickte ruhig und gelassen die Leute an. Dann erzählte er einfach von Gott, als käme er gerade von einer Pressekonferenz im Himmel, und Gott hätte ihm ein Interview gegeben.

Er erzählte, wie Gott Energie in einen leeren Raum schleuderte, wie er einen Stern mit seinen umlaufenden Planeten auswählte und auf der Erde Leben entstehen ließ, wie ein Teil der Erde durch eine Kollision abbrach und sich zum Mond formte und fortan die Erde umkreiste, um ihr Stabilität zu geben. Jeschua erzählte von den Tieren, die sich entwickelten, bis ein Wesen auftauchte, nach dem sich Gott gesehnt hatte: Menschen, mit denen er kommunizieren konnte.

So, wie es Jeschua erzählte, fühlten wir förmlich, wie Gott sich über dieses Geschöpf freute und wie er trauerte, als sich die erste Menschheit von ihm entfernte.

Ich schaute mich um und sah, dass sich einige heimlich Tränen wegwischten.

Jeschua erzählte, dass Gott ein Volk erwählte, mit ihm einen Freundschaftsvertrag schloss und es durch dick und dünn begleitete. Aber auch dieses Volk entfernte sich immer mehr von ihm, verlor seine Mitte und wurde von anderen Mächten besiegt.

Da hielt es Gott nicht länger aus und beschloss, seine Weisheit, sein Wort, seine Innerstes zu einem Menschen zu machen und unter den Menschen zu wohnen. Er wollte nicht wie ein

Engel einfach so aus dem Himmel treten, sondern das ganze Programm durchlaufen, von Anfang an. Er wollte ein Baby werden, das schrie und in die Windeln machte.

Jeschua schwieg und deutete auf die Krippe, die in der Kirche aufgebaut war.

Ich war betroffen. Mir schien, als ob diese Krippe ein Relikt von damals war, das man hier aufgebaut hatte.

Aber schon redete Jeschua weiter. Gott erlebte nun durch Jesus, wie es war, wenn man sein Geld verdienen musste, wie es war, sich mit Kunden auseinanderzusetzen, wie es war, dass man unter einer heidnischen Besatzungsmacht lebte. Aber er entdeckte auch die Tage, wenn am See Genezareth der Abend heraufstieg und die Stille sich über die galiläischen Berge legte. Einige Menschen schlossen sich ihm an, eine Frau ließ einmal ihre Töpfe stehen und lauschte seinen Worten. Ein kleiner Betrüger kletterte sogar auf einen Baum, um ihn zu sehen. Vier Männer ließen einen Gelähmten durch das Dach hinab, damit er geheilt wird.

Er litt unter dem Misstrauen und der Arroganz der Führungsschicht seines Volkes. Schließich provozierte er seinen eigenen Tod und eine grausame Folterung. Seine Anhänger verstanden es nicht. Ihre Welt brach zusammen, als er am Kreuz hing.

Und er erzählte, dass Jesus nun alles durchlitten hatte, was Menschen durchleiden, selbst die Gottverlassenheit."

Wieder schwieg Jeschua und wartete. Und wir alle hatten den Eindruck, dass er mit den Tränen kämpfte.

„Und dann geschah es", fuhr er wieder mit fester Stimme fort. „Es war wie ein Durchbruch. Wie ein inneres Erdbeben. Gott selbst hatte sich einen Zugang zu seinen Menschen erobert. Eine Welle von Liebe brach auf, und Jesus wurde ins Leben zurückgeworfen und mit Gott vereint. Er war zu einem neuen Weg, zu einer Tür ins Leben geworden. Seit dieser Zeit kann jeder Mensch, so, wie er ist, im Geist vor Gott treten und zu ihm beten und davon ausgehen, dass er ohne Bedingungen geliebt wird. Auch hier, in Québec."

Jeschua blickte sich um und sagte: „Ich habe hier viele leere Kirchen gesehen, Kirchen, die einmal voll waren mit Menschen, die zu Gott gebetet haben. Und ich sage euch jetzt, dass in ein paar Jahrzehnten sich nicht nur die Kirchen, sondern auch andere Gebäude wieder mit Menschen füllen werden, die zu Gott zurückgefunden haben.

Jeder von euch kann heute zu Gott beten. Er ist euer Freund! Vergesst es nicht! Amen."

Jeschua schwieg, verließ das Lesepult und setzte sich zum Chor. Ich spürte um mich herum, dass die Leute bewegt waren. Einige weinten still vor sich hin und ließen den Tränen freien Lauf.

Die Botschaft war ja nicht unbedingt total neu gewesen. Aber so, wie sie Jeschua erzählt hatte, klang sie wirklich überzeugend. Ich hatte den Eindruck, als ob Gott selbst sie uns erzählt hätte – und in gewissem Sinn stimmte das ja auch.

Mitten in die Stille hinein hörten wir die Stimme des Pfarrers, Reverend Jean Leblanc über das Mikrofon.

„Nach dieser Predigt", sagte er, „halten wir es für angebracht, dass wir die Messe nicht im üblichen Rahmen fortsetzen. Der Chor wird Lieder singen, die Orgel wird leise spielen, und Sie haben die Gelegenheit, still zu beten und nach Hause zu gehen, oder hier zu bleiben und mit Mr. Davidsen oder anderen aus unserer Kirche zu reden. Er hat auch einige Freunde mitgebracht, die gerne bereit sind, mit Ihnen zu beten. Ich bitte Mr. Davidsen nun den Segen zu sprechen, und dann ist die Mitternachtsmesse offiziell beendet."

Jeschua stand auf, breitete die Arme aus, alle erhoben sich, und er sprach den Segen. Ich kann mich an die einzelnen Worte gar nicht mehr erinnern. Ich war noch zu aufgewühlt, aber bei jedem Wort, das er sagte war es mir, als ob ein Stromstoß durch meinen Körper ging.

Betäubt blieben Charlotte und ich noch stehen, während der Chor einige Weihnachtslieder sang. Nur wenige verließen die Kirche.

Wir sahen, dass unsere Freunde und Jeschua sehr beschäftigt waren und mit vielen Menschen redeten.

„Lass uns gehen“, flüsterte mir Charlotte zu, „unsere Freunde werden auch ohne uns den Weg finden und in die Wohnung gelangen.“

„Das schon“, sagte ich. „Aber es wäre schön, wenn sie sich von uns verabschieden würden.“

„Damit rechne ich fest.“

Draußen traf uns wieder der Winter mit voller Wucht. Aber wir waren noch so durchgewärmt, dass wir locker durch eine Eiswüste gegangen wären. Mir kam es vor, als ob sich in den Straßen etwas geändert hätte. Nach wie vor liefen Leute herum, Autos und Busse fuhren, Die Québecer schienen immer noch wach zu sein, obwohl es auf halb zwei zuging, aber etwas Zusätzliches hatte sich über alles gelegt. Eine heilige Stimmung? Ein unsichtbarer Glanz? Ich konnte es nicht genau sagen. Aber ich hätte mich nicht gewundert, wenn Leute mit Heiligenscheinen durch die Straßen gegangen wären. Auf dem Weg zurück trafen wir ein Ehepaar, das Deutsch sprach, und verabredeten uns zum Kaffee für den nächsten Tag.

31

Wir standen, als wir in unserer Wohnung angekommen waren, noch eine Zeitlang am Fenster und blickten auf die leeren Straßen von Québec, auf den Schnee, der von den Straßenlaternen zum Leuchten gebracht wurde, und waren einfach nicht müde. Plötzlich standen unsere fünf Engel mit Jeschua im Wohnzimmer.

Wir zuckten förmlich zusammen vor Schreck.

„Friede mit euch“, sagte Jeschua.

Ich kam mir vor wie in einer der Ostergeschichten in der Bibel.

„Meine Mission ist beendet“, fuhr Jeschua fort. „Wir sind gekommen, um uns zu verabschieden.“

Er zeigte auf eine Tüte: „Das sind unsere irdischen Kleider, die wir euch überlassen.“

Ich blickte ihn und die Engel an und sah, dass ihre Kleider irgendwie anders aussahen und dass sie ihre Farben leicht veränderten.

„Ja, dass das ein Abschied wird, habe ich schon befürchtet“, meinte ich. „Nehmt doch Platz.“

Die himmlischen Sechs setzten sich

„Hast du denn alles geschafft, was du dir vorgenommen hattest?“, fragte ich.

„Ich denke schon, aber wir müssen abwarten, wie sich das entwickelt, was wir ausgesät haben.“

„Einige Samen sind ja schon aufgegangen“, sagte ich. „Wir haben Ken und seinen bulligen Freund im Fernsehen gesehen.“

„Ja, er ist bei seiner Antiwaffen-Bewegung begeistert dabei. In

Teheran und Damaskus wird es schwierig. Aber auch dort wachsen Früchte heran ..."

Ich lachte: „Und den IS hast du auch schon durchsetzt mit dem Sauerteig von Gottes Reich."

„Nordkorea ist schlimm dran, zum Glück gibt es eine kleine, aber starke Untergrundkirche. Der Papst wird es schwer haben, und doch ist ein Anfang gemacht. Und die anderen, die kleine Frau in New York, die Iranerin, die Buchhändlerin und der Koch in Rom, der geheilte Blinde und die vielen, die ihr gar nicht kennengelernt habt, werden andere Menschen beeinflussen und die wieder andere und so fort. Eine Kettenreaktion des Segens. Aber was mir auf den Nägeln brannte, um mal menschlich zu reden, das war der Stopp von INFEA. Hier wäre eine Generation entstanden, die den Untergang beschleunigt hätte."

„Den Untergang beschleunigt hätte ...", wiederholte Charlotte. „Also gibt es irgendwann einen Untergang?"

„Oh ja, es gibt immer wieder Untergänge und Neuanfänge, solange, bis die Zeit für diesen Planeten gekommen ist. Jeder Planet kommt irgendwann an sein Ende."

„Und wann wird das sein?"

Jeschua lächelte. „Das werde ich dir nicht sagen. Jederzeit kann das passieren. Es muss nur ein großer Meteorit auf die Erde krachen, und es ist aus. Aber es kann auch sein, dass es eine neue Arche Noah geben wird, eine Insel, auf der Menschen wohnen, die eine zukünftige Katastrophe überlebt haben. Es kann auch sein, dass es einen Aufbruch der Menschheit zu einem anderen Planeten geben wird. Und die Menschheitsgeschichte würde neu beginnen. So schnell gibt Gott seine Menschen nicht auf."

Er erhob sich und mit ihm unsere fünf Engel, und ich spürte, dass sie für uns zu Freunden geworden waren.

Wir umarmten uns nur kurz. Es war einfach eine Frage der Energie. Diese Körper strahlten zu viel Kraft aus.

„Denkt daran, dass eure Gedanken mehr können, als ihr vermutet“, sagte Tsu-an Li. „Wenn ihr intensiv an uns denkt, dann kann es sein, dass wir bei euch sind. Entfernungen spielen keine Rolle.“

Und dann waren sie verschwunden und ließen ein ganzes Zimmer mit Lebensfreude zurück. Komischerweise – oder bezeichnenderweise – schliefen wir danach schnell ein, als ob sich eine Spannung gelöst hätte.

Wir blieben noch ein paar Tage, trafen uns in Québec mit dem Ehepaar, das wir nach der Mitternachtsmesse zufällig unterwegs getroffen hatten, und flogen dann zurück.

Ich hoffe, das Buch wirft ein wenig Licht auf Gott und seine Art, die Welt zu regieren. Und wenn nicht, hat es Sie hoffentlich gut unterhalten.

Ende

Nachbemerkung

Am 25. Dezember 2016 hielt ich mich in Québec/Kanada auf. Meine Frau und ich besuchten unseren ältesten Sohn mit Familie, der dort in der Forschung tätig ist.

Wir waren am Tag zuvor, am 24.12. in der Mitternachtsmesse der anglikanischen Kirche gewesen, die dann auf ungewöhnliche Art und Weise beendet wurde.

Der Gastprediger, ein gewisser Josua Davidsen, sprach so eindringlich und überzeugend von Gott, dass es jedem unter die Haut ging. Die Messe wurde nach der Predigt nicht fortgesetzt, sondern hatte einen offenen Schluss. Leute durften nach vorne kommen und mit dem Prediger und seinen Mitarbeitern reden und auch mit ihnen beten.

Ich muss schon sagen, dass die weiblichen Mitarbeiter von Josua Davidsen ungewöhnlich gut aussahen, und der eine oder andere ging vielleicht auch nach vorne, um in ihrer Nähe zu sein.

Wie auch immer – es war ein bewegender Gottesdienst.

Hinterher, beim Hinausgehen, trafen wir ein deutsches Ehepaar und kamen auf dem Rückweg zu unseren Quartieren ins Gespräch.

Das Ehepaar hieß Oliver und Charlotte Sanders. Als Oliver (wir boten uns bald das Du an) hörte, dass ich Schriftsteller und der Autor von Büchern sei, die ihm ein Freund gegeben hatte, wurde er hellhörig. Ich dachte zuerst, er wollte sich mit mir über meine Bücher unterhalten, und das stimmte ja auch, aber es steckte noch mehr dahinter. Er sagte, dass er für mich eine umwerfende Geschichte habe. So etwas sei noch nie geschrieben worden. Aber das führe jetzt zu weit. Wir sollten uns morgen unbedingt treffen.

Oliver machte mich neugierig, und als auch seine Frau das bestätigte, was Oliver gesagt hatte, verabredeten wir einen Termin am Fünfundzwanzigsten nachmittags.

Mir fiel fast die Kaffeetasse aus der Hand, als Oliver am nächsten Tag von den Ereignissen berichtete, die ich dann später in diesem Buch veröffentlicht habe.

Am Anfang war ich sehr skeptisch. Sicher, dieser Josua hatte bei seiner Predigt auf mich einen starken Eindruck gemacht, aber dass er der wiedergekommene Jesus sein sollte und seine Mitarbeiter Engel waren, das hörte sich wirklich grotesk an.

„Warum bist du so erstaunt?“, sagte Oliver. „Uns ist nur das passiert, was in einigen deiner Kurzgeschichten und Romanen sehr oft vorkommt: Überraschende Engelbegegnungen. Wenn jemand das alles in einen Roman packen kann, dann du.“

Es ging hin und her. Ich habe nachgefragt und versucht herauszufinden, ob die beiden sich das vielleicht ausgedacht haben könnten. Aber es klang für mich sehr überzeugend, und dann habe ich mich breitschlagen lassen, ein Manuskript zu verfassen und es einem Verlag vorzulegen. Der Brendow Verlag erklärte sich schließlich bereit, das Buch zu veröffentlichen. Es sollte aber keine Dokumentation werden, sondern ein Roman.

Denn ich habe ja keine Beweise für die Richtigkeit von Oliver und Charlottes Erlebnissen. Sie erschienen mir zwar plausibel und stimmten mit dem überein, was ich Laufe meines Lebens über die andere Welt, den Himmel und die Engel herausgefunden habe, aber ... naja, es wurden schon die unmöglichsten Stories erfunden.

Was ich allerdings schon immer geahnt habe, ist die Erkenntnis, dass durch unsere Städte und Dörfer mehr Engel spazieren, als wir denken. Sie fallen einem nur nicht gleich auf.

Auf jeden Fall: Entscheiden Sie selbst, ob Ihnen diese Geschichte glaubhaft vorkommt.

Erich Kästner sagte einmal: Eine Geschichte ist wahr, wenn sie hätte passieren können.

Albrecht Gralle, April 2017